隋唐五代

文學故事

【上冊】

隋唐五代文學故事 上

目次

「八米盧郎」盧思道

盧思道（五三五—五八六年），字子行，范陽涿（今河北涿縣）人。范陽盧氏從東漢至北朝，均為望族高門。盧思道的曾祖、祖父均做過刺史，其父盧道亮則隱居不仕。盧思道一生歷東魏、北齊、北周、隋四朝。

盧思道十五歲左右，離開家鄉來到鄴（東魏都城），因他「聰爽俊辯」，「歷受群公之眷」。他拜當時「北朝三才子」之一的邢子才為師，又向另一「才子」魏收借「異書」閱讀，這使他的學問大為長進。東魏、北齊文人創作詩文多效法南朝的沈約、任昉的著作，講究對仗，好用典故。盧思道也受這種文風的影響，其文章亦「雅好麗詞」。盧思道雖「才學兼著」，但卻「不持操行，好輕侮人」。當時魏收奉皇帝詔令編寫《魏書》，還沒等定稿，盧思道便將書的內容向外人洩露，因此「大被笞辱」。

盧思道二十多歲時，在左僕射楊愍的推薦下，被任命為「司空行參軍長兼員外散騎侍郎，直中書省」。當時北齊文宣帝高洋昏庸殘暴，做了十年皇帝便死了。皇帝駕崩，「當朝文士各作輓歌十首，擇其善者而用之」。包括盧思道在內的文士們都寫了十首輓歌呈上。結果，魏收、陽休之、祖孝徵等文士所作的輓歌，被選中的不過一、二首，唯獨盧思道的輓歌被選中八首。這說明盧思道的文才高出於他的前輩文人。所以當時朝野人士都稱他為「八米盧郎」。這是把文士們寫的所有的輓歌比喻為稻穀，而把選中的佳作比喻為米。寫了十首被選中八首，確實說明盧思道有超人的才華。有此才華，本不愁加官晉爵，可他又犯了「不持操行」的毛病，「漏洩省中語，出為丞相西閤祭酒，歷太子舍人、司徒錄事參軍」。而且「每居官，多被譴辱」。尤為嚴重的是，他還「擅用庫錢」，結果被「免歸於家」。

北齊末期，盧思道又被任為京畿主簿、主客郎、給事黃門侍郎，還被授予「儀同三司」。這是他宦途最順利的時期。在此期間，他寫過〈贈別司馬幼之南聘〉、〈盧紀室誄〉等作品。但此時，北齊王朝已處於風雨飄搖之中，北周軍隊步步進逼，不久便滅了北齊。

北周滅北齊後，周武帝宇文邕召北齊文士到長安，各授官職，授盧思道儀同三司。盧思道對北周皇帝感恩戴德，安心供職。過了不久，他發現北周朝廷並非真正重用他這個北齊遺臣，於是，他便寫了一首雜言〈聽鳴蟬篇〉。

不久，盧思道「以母疾還鄉」。適逢范陽郡中的祝英伯、宋護以及盧思道的從兄盧昌期等人乘周武帝死去之機，擁北齊范陽王高紹義起兵反周，盧思道也參與了這次旨在反周復齊的叛亂活動。北周朝廷派宇文神舉率兵平叛，不久便平息了這次叛亂，捕殺盧昌期等作亂者。高紹義逃往突厥，盧思道也被判處死罪。可是，由於宇文神舉「素聞其名」，仰慕盧思道的才華，便把他從死囚牢中叫出來，還命令他作露布（捷報），「思道援筆立成，文無加點」。宇文神舉閱後，大加讚賞，便寬赦了他。被赦後，又被任為掌教上士。楊堅任北周丞相，又任命盧思道為武陽太守，他嫌職位不高，便寫了一篇〈孤鴻賦〉表達其情志。此賦實際上是以「孤鴻」之遭遇，暗寓自己之宦途經歷，並以道家「齊榮辱」思想來自我寬慰。

楊堅代周建隋，盧思道「以母老，表請解職」，得到批准後，投奔尚書左僕射高熲，做了高熲的幕僚。高熲奉隋文帝楊堅詔令討伐陳國，盧思道代高熲作〈檄陳文〉。不巧陳宣帝死了，高熲也就罷兵還朝。盧思道回到長安後，寫〈北齊興亡論〉和〈後周興亡論〉，以抒發其對故國的思念之情。他還寫了〈勞生論〉，揭露了北齊、北周的士大夫們二三其德、趨炎附勢的醜惡行為。盧思道說這些人是「不恥不仁」的「衣冠士族」。〈勞生論〉是整個北朝時代不可多得的針砭時弊的妙文。

隋文帝開皇三年，皇帝派盧思道效勞陳國使臣。沒過多久，盧思道因母親去世又辭官歸家。其後又出仕任散騎侍郎，奏內史侍郎事。「又陳殿庭非杖罰之所，朝臣犯笞罪，請以贖論」。文帝採納了他的建議。不久，盧思道患病死去。

盧思道的詩歌，風格纖豔柔靡，多為遊宴酬贈之作。其文集久已散佚，後人輯有《盧武陽集》。

隋軍元帥楊素之死

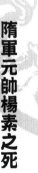

楊素，字處道，弘農華陰人。他少年時即胸懷大志，逸群絕倫，被認為是「非常之器」，向有文武全才之稱。初仕北周，以平定北齊有功，封成安縣公。隋文帝受禪，封上柱國。有安邦定國之功，封越國公，官至尚書右僕射。隋煬帝即位，改封楚公，官至太子太師。有詩十九首，皆勁健樸質，全無齊梁輕薄淫靡之風，時人以為「詞氣宏拔，風韻秀上」。

隋文帝開皇四年（五八四年），楊素拜行軍元帥，舉兵伐陳。陳將戚欣以青龍大船百餘艘，兵數千人，守狼尾灘，以阻遏隋軍。狼尾灘是長江三峽上著名的險灘，山峭浪急，易守難攻，隋軍將士有些畏懼。楊素說：「伐陳勝敗在此一舉。白日行船，容易暴露，加之水急浪高，必受制於人，我們可夜裡進兵，出奇制勝。」於是，楊素親率戰艦數千艘，在夜幕掩護下，逆江而上。又命開府王長襲率步兵沿南岸進軍，偷襲陳軍營寨；命大將軍劉仁恩率騎兵直取白沙北岸。第二天早晨，三路兵馬會於狼尾灘，戚欣敗走，而陳兵全數被俘。楊素下令將俘虜全部釋放，三軍秋毫不犯，陳人大悅。楊素隨即率大軍東下，舟船蔽江，浩盪壯觀。陳人見楊素坐一大船之上，容貌雄偉，呼之為「江神」。自此，楊素威震大江上下，巴陵以東無人敢守，隋軍於是破荊門，奪漢口，勢如破竹，陳國遂滅。

當時又有江南人李稜等聚眾為亂，大者聚眾數萬，小者亦有數千，遙相呼應，殺害長吏，為害一方。隋文帝以楊素為行軍總管，率軍征討之。楊素揮師南下，先後平息了徐州朱莫問，無錫葉略，吳郡沈杰，南沙陸孟孫，黟歙沈雪、沈能，浙江高智慧，東陽汪文進，永嘉沈孝徹，會稽王國慶，晉陵顧世興十路亂賊，歷經百餘戰，江南遂定。

開皇十八年（五九八年），突厥達頭可汗犯邊，隋文帝以楊素為靈州道行軍總管出塞征討。諸將與突厥作戰時，由於擔心突厥騎兵兇猛，對陣時，外設鹿角，以戎車圍之，而騎兵在內。楊素對人說：「這種設陣之法禁錮了自己，不是克敵制勝的好方法。」於是楊素廢除舊法，下令各軍以騎兵為陣。達頭可汗聞說楊素如此佈陣，大喜說：「這是上天賜給了我一個機會。」還因此下馬仰天而拜，然後率精銳騎兵十餘萬席卷而來。楊素率軍奮力拼殺，重創達頭可汗大軍，死傷者不計其數，群虜號哭而遁。開皇二十年（六〇〇年），楊素又出雲州，連破突厥，自此突厥遠遁，磧南一帶不再有虜人庭帳。

隋煬帝即位之初，漢王諒反，隋煬帝以楊素為並州道行軍總管、河北安撫大使，率軍數萬征討之。漢王諒遣趙子開以十餘萬大軍，絕路徑，據高壁，佈陣五十餘里，以拒之。楊素命諸將率兵佯攻，而自己親引奇兵潛入霍山，緣崖谷而行，直指趙子開大營，一戰而破之。又於並州大敗叛軍，迫使漢王諒開城投降。

史稱楊素於隋有三大功、平十亂，即如上述。楊素雖能征慣戰，功高蓋世，但他為官不廉，史家頗有微詞。

首先，楊素任人唯親，結黨營私。楊素在隋貴寵之時，他的弟弟楊約，從父楊文思、楊文紀，以及他的族父都在朝中做了尚書列卿；他的幾個兒子，身無寸功，也做了柱國、刺史。朝臣有逆忤其意者，便暗中羅織罪名，排擠出朝。而那些隨聲附和他的人，則不論有沒有才能一律重用。一時間朝臣中，沒有不怕他的，沒有不依附於他的。

其次，楊素治軍殘暴，勝於酷吏。史稱：楊素多有權略，乘機赴敵，應變無方，但是治軍嚴厲。有犯軍令者，立斬不赦，多者百餘人，少者亦不下數人。流血在前，言笑自若，可謂殺人不眨眼者。等到與敵對陣之時，則先令一二百人赴敵，能衝鋒陷陣則已，如不能陷陣而還者，無論有多少人，立斬之。然後再令二三百人赴敵，仍舊採用不能陷陣便斬首的方法。他的將士都懼怕他的這一方法，所以只要出戰便以死拼，因此楊素才戰無不勝。

再次，楊素生活奢侈，富冠天下。楊素有家童數千，歌伎舞姬、美貌女子亦有數千，宅第豪華，與皇宮一般。一些江南名士，如善寫文章的鮑亨、善於書法的殷胄，也被他虜到家中為奴。一時間親戚朋友、故交部下，都在朝中為官，權傾一朝，富霸天下。史稱「素之貴盛近古未聞」。

楊素權傾朝野，作威作福，曾引起隋文帝的猜忌。文帝曾下詔說：「僕射，國之宰輔，不可躬親細務，但三五日一度，向省評論大事。」這詔文表面上是對楊素示以優待，而實質上是奪下了楊素手中的權力。隋文帝下此詔後，不久就死了，人們多懷疑文帝之死是楊素做了手腳。隋煬帝即位後，也極是忌憚楊素，對待他也像文帝一樣，「外示殊禮，內情甚薄」。

大業二年（六〇六年），楊素病重。隋煬帝日遣名醫為其診治，又賜給皇上使用的御藥，暗中卻祕密探問楊素的病情，就是擔心楊素不死。楊素本人也知道皇帝嫉恨於他，病中不吃藥，也不注意休養，他曾對弟弟楊約說：「我難道要追求多活那麼一兩天嗎？」楊素之死也算可悲。

《北史》記載：楊素嘗以五言詩七百字贈播州刺史薛道衡。詞氣穎拔，風韻秀上，為一時盛作。不久，楊素便死了。

隋煬帝怒殺薛道衡

薛道衡（五四〇—六〇九年），字玄卿，河東汾陰（今山西萬榮）人，父祖都做過太守、刺史一類的地方官。道衡六歲時，父親去世。十三歲時，講《左傳》，十分讚賞春秋時代鄭國子產治國的政績，於是寫了一篇〈國僑贊〉。文章寫得很精緻，得到許多人的讚揚。從此，他的才名益發引起人們的重視。

北齊司州牧、彭城王浟徵召道衡為兵曹從事。尚書左僕射楊愔讚賞他的才學，並授予他奉朝請。道衡被任命為尚書左外兵郎。南朝陳國派文士傅縡出使北齊，道衡以兼職主客郎接待陳使。傅縡向道衡贈詩五十韻，他滿以為能難倒北人道衡，而道衡卻輕而易舉地和了一首。他的和詩，受到南朝北國文士的普遍讚揚，「北朝三才子」之一的魏收說：「傅縡所謂以蚓投魚耳！」意思是，傅縡的詩像吸引魚的蚯蚓一般，而引出的道衡的和詩則是魚。從此道衡更是文名遠播，因而待詔文林館。不久又「拜中書侍郎，仍參太子侍讀」。後來還與侍中斛律孝卿參與處理朝政大事。

北周滅北齊，周武帝任命道衡為御史二命士。楊堅任宰相時，任命道衡為陵州刺史、邛州刺史。楊堅代周建隋，道衡因犯錯誤而被免職。不久復被任為內史舍人、散騎常侍，奉詔出使陳國。臨行前，道衡向文帝提出，請允許他以隋國使臣的身份，責令陳國皇帝稱藩。文帝則認為時機尚未成熟，勸他不要打草驚蛇。道衡這次出使陳國，寫下了許多詩，包括著名的〈人日〉詩。

開皇八年（五八八年），隋文帝派兵伐陳，道衡被任為淮南道行台尚書吏部郎，掌起草文書之事。兵臨長江，一天夜晚，大將高熲問道衡這次伐陳能否成功。道衡指陳史事，並指出歷史上統治者無德者亡，陳國運數已盡，又所任非賢人，防線過長，故必亡無疑。道衡的精闢論斷，說得高熲心悅誠服，大加讚頌。伐陳凱旋，道衡被任為吏部侍郎。

道衡在吏部侍郎任上時，有人揭發他選拔官吏失當，因此他被免職，並發配嶺南。當時晉王楊廣鎮守揚州，私下派人向道衡傳話，讓他南下時從揚州經過，晉王將要上書皇帝把他留在揚州。道衡一向討厭這個結黨營私、企圖奪取太子位的晉王，因此便取道江陵去嶺南。楊廣了解到這一情況後，對道衡產生不滿之意。不久，文帝又下詔書把道衡召回，任為內史侍郎，加上儀同三司，負責起草朝廷文書。文帝頗為欣賞道衡的才華，「於是進位上開府」。皇太子及王子們，還有名臣高熲、楊素都很敬重道衡，都願意跟他相交，於是道衡名噪一時。在這期間，他還寫了許多詩歌。對這些詩作，大多數文士相當讚賞，但包括晉王楊廣在內的一些小人則心存嫉妒。

文帝仁壽年間，楊素專掌朝政。道衡是楊素的好朋友，文帝不想讓道衡長時間參與朝廷的機密大事，便派他到襄州做總管。道衡與文帝灑淚而別，文帝賜給他金帶、名馬等貴重物品。他任襄州總管時，「在任清簡，吏民懷其惠」。

六〇四年，隋文帝楊堅死，楊廣繼位，是為煬帝。煬帝改任道衡為播州刺史。一年以後，道衡向煬帝上表請求辭職。煬帝本想在道衡進宮上表辭官時，改任他為祕書監。誰知道道衡進宮謁見煬帝時卻上了一篇〈高祖文皇帝頌〉，文中對文帝的文治武功、經世濟民、道德情操大加歌頌。這本無可指責之處，但殺父害兄自立為帝的煬帝，卻心懷鬼胎，認為道衡這篇文章正像《詩經．小雅》中的〈魚藻〉諷刺周幽王一樣，是在諷刺當朝皇帝，但他沒馬上發作，還授予道衡司隸大夫之職，但總想找個藉口給他定罪。後來朝廷討論制定新令，朝臣們總是議而不決。道衡對朝臣們說：「如果高熲還在世，這新令早就實行了。」原來高熲是不久前被煬帝處死的。道衡的這句話被一個朝臣上奏給煬帝。煬帝一聽非常惱火，說道：

「你還懷念高熲嗎？」便下詔逮捕道衡。道衡認為自己沒犯什麼大罪，便催促司法機關早日審判。當審判官將審理結果上奏皇帝那天，道衡還自認為煬帝會赦免他，傳話給家裡人準備酒席，以招待前來祝賀的賓客。誰知他接到的是一紙讓他自盡的詔書。他非常吃驚，不肯自盡。審判官再次將此事上奏煬帝，煬帝下詔「縊而殺之」。時年七十，妻子也被流放。

薛道衡是隋朝著名詩人，流傳下來的詩雖不多，但詩的質量卻很高，如五言詩〈昔昔鹽〉，抒少婦閨怨之情，對偶工整，辭采華麗，其中「暗牖懸蛛網，空梁落燕泥」二句，以具體鮮明的形象，傳達出遊子離去後，閨中淒涼寂寥情景，成為千古傳誦的名句。楊廣嫉妒作此詩的薛道衡，也是在情理之中的。

王度與傳奇小說〈古鏡記〉

隋末唐初，有一篇十分奇特的小說，名〈古鏡記〉（又名〈王度〉或〈王度古鏡記〉），但作者「王度」的名字，無論公私著述，卻都不見記載。所以很長的一段時間裡，人們一直把他當成一個虛構的人物，還有人認為他就是王凝。這樣一來，那篇神神道道的傳奇小說〈古鏡記〉可就真成了憑虛假託的了。

其實，這個王度不是別人，他就是隋末大儒王通的哥哥，也是初唐詩人王績的哥哥，河汾王氏家族中的一個重要成員。

在王氏兄弟中，王度可能居長，不過名氣卻沒有他的二弟王通那麼響。所以王度對王通很是敬重。隋朝大業年間，王度離家為御史，臨行時，王度對王通說：「我要走了，你有什麼話要囑咐我的？」王通就跟王度講了一通「清而無介，直而無執」的大道理。王度那恭敬的樣子哪像兄長對弟弟？而王通的做派，倒分明像師尊對弟子一般。

不過，王度和王通在思想上可能並不怎麼一致，原因是王通是大儒，以孔子自居，不喜歡那些雜七雜八的東西；而王度就不同了，既不是什麼「大儒」，也夠不上「醇儒」，所以對於陰陽家「推步陰陽」那一套別有會心，惹得王通很不快。但王度是兄，王通不好過責，只能說一些「吾懼覽者或費日也」這樣無關痛癢的話，來委婉地向兄長提出批評。可王度並不放在心上，仍然我行我素，和那些善於卜筮占卦、雅好推步陰陽的人打得火熱。王度這篇〈古鏡記〉傳奇就與這樣的人物有關。

〈古鏡記〉開頭就說：「隋汾陰侯生，天下奇士也。王度常以師禮事之。」這位侯生雖然出現在小說裡，但卻不是虛構的人物，而是實有其人，王通在《中說・魏相篇》裡就提到過。他可能是當時在鄉里頗負盛名的陰陽占卦者。王度的弟弟王績有一密友，名叫仲長子光，也是一位「服食養性」的隱士，汾陰侯生一見之後，對仲長子光佩服得五體投地。王度寫的〈古鏡記〉的故事就由這位「汾陰侯生」引起。

〈古鏡記〉中說：汾陰侯生臨死之前，拿出一面古鏡贈給王度。這面鏡子製作得十分精美，也十分奇特：鏡面直徑八寸，鏡鼻做成麒麟蹲伏的形狀；繞著鏡鼻的四面，按東西南北四方排列著龜、龍、鳳、虎；四方之外又設八卦；卦外又設十二辰位；十二辰位之外，又鑄刻著二十四字，字的文體很像是隸書，但又不是隸書。王度自然很驚奇。侯生解釋說：「這二十四個字是模擬二十四氣之形。」王度拿起鏡子輕輕地敲一敲，音聲清婉悠長，響了一整天還隱隱然沒有斷絕，真是一件罕見的寶物！侯生還告訴王度：這面鏡子傳說是黃帝所造，黃帝當時鑄了十五面鏡子，其中第一面鏡子直徑是一尺五寸，取法於滿月之數，其他鏡子則依次遞減一寸。現在這面鏡子直徑八寸，該是第八面鏡子。王度自是深信不疑。

侯生死於隋朝大業七年（六一一年）五月，那年正好王度自御史罷歸河東，王度得到這面鏡子就是在那個時候。那年六月，當王度帶著這面鏡子再去長安時，就有了下面這許許多多的故事。

王度重返長安，來到長樂坡，住在一個叫程雄的人家。正巧程家剛來一個女子，長得端莊秀麗，名喚鸚鵡，也寄住於程家。王度拿出那面鏡子照著整理衣冠，卻不料鸚鵡遠遠地瞧見就受不了，跪在地下就給王度磕頭，磕得頭破血流還不起來。王度懷疑這個女子是什麼精怪所化，於是就拿這面鏡子去照。那個女子嚇得要死，苦苦哀求王度饒命。王度於是將鏡子遮上說：「你先把你的來歷說清楚，然後變回原形，那麼我也許會饒你不死。」那女子無奈，只得實說，原來她是華山府君廟前一個千年的老狐狸，幻化成人後，又多次遭人買賣，輾轉來到這裡。王度聽她說得可憐，就動了惻隱之心，答應饒她一死。但那女子說：經天鏡這一照，她已經無處逃形，只是長時間做人，羞於再回復本體，希望王度能收起鏡子，讓她痛醉一場再死。王度答應了她的請求。

這樣的故事在〈古鏡記〉中記載了好幾個，荒誕不經，顯然是承襲了六朝志怪小說的路子。但無論是敘述的完整，還是描寫的細膩，都明顯高於六朝志怪類小說，尤其是描寫那個狐女死前的情景，十分逼真而感人：

在王度召集左鄰右舍設下的酒席宴上，那個女子喝得酩酊大醉，然後翩翩起舞，一邊跳舞，一邊含著眼淚唱道：

寶鏡寶鏡！哀哉予命！
自我離形，於今幾姓？
生雖可樂，死必不傷。
何為眷戀，守此一方！

唱完歌，向眾人拜了又拜，倒地而亡，死後變成了一隻狐狸。讀到此處，誰能不為之落淚？這分明是在寫那些不幸的女人啊！

其實，〈古鏡記〉的故事雖然荒誕，但從作者的態度看，對實實在在的人事，顯然比對荒誕不經的靈怪故事更感興趣。大業九年（六一三年）冬天，王度以御史帶芮城縣令，持節河北道，開倉放糧，賑救飢民。當地癘疫流行，百姓死亡無數。有一位名叫張龍駒的河北人，是王度手下的一名小吏，一家老小數十口也都得了病。王度就讓張龍駒把這面寶鏡拿回去，晚上給病人照一照。說來也真奇了，一照之下，一家人的病馬上都好了。王度見這鏡子有如此靈驗的作用，於是就拿它去照全縣的老百姓，為百姓祛病除災。荒誕無比的故事與嚴肅無比的主題就這樣完美地結合在了一起，從這裡也不難窺見作者的心靈深處陰陽家的神祕與儒家的經世之用，是如何交織在一起的。

王績是王度的三弟，也許是兩個人都喜歡陰陽曆數的緣故，兄弟倆最為投合默契。〈古鏡記〉中也記載了這面鏡子與王績的一段故事。

大業十年（六一四年），王績自六合丞棄官回家，厭倦了官場的一切，就想出遊名山大川，找一個安身立命之所。王度一再勸他，說現在天下大亂，到處都是強盜，你還想去哪裡呢？況且我們兄弟從未分過手，你這一走，還不知能不能再回來見上一面，還是不去的好。王績堅持要走，攔也攔不住。王度就把寶鏡交給王績，讓他帶在身上，以避邪祟。王績一去就是三四年，這一路上還真多虧了這面寶鏡，真個是過江海，波濤不起，住山林，妖魔不侵，虎豹屏跡，豺狼遁形。在游豫章的時候，王績遇上道士許藏祕，說是豐城縣倉督李敬慎家有三女，同時遭了魅病，每當到了晚上，三女就濃妝豔抹，然後回到她們居住的堂內閣子，關門熄燈，誰也別想叫開。家人只聽見有人在同三女說笑，卻不知是何許人也。三女日漸消瘦，說什麼也勸阻不得，還要尋死覓活。王績聽說之後，晚上就拿這面鏡子一照，那三個精怪馬上都顯露原形而死，從此之後，三女的病就一下全好了。

這樣的一面鏡子確實是人間稀有的一件靈物，後來卻不見了。失去之前，曾有一位道士給王績算過，道士說：「天下神物，必不久居人間。」鏡子也託夢於王績，說要「捨人間而去」。果然，在王績把鏡子還給王度後不久，這面鏡子就失了蹤影。那是在大業十三年（六一七年）七月十五日。隋煬帝也死於那一年。

〈古鏡記〉可能就寫於隋末唐初，它雖然算不上出類拔萃的作品，但它已經預告了後來唐傳奇的一些信息，這可能比故事本身更彌足珍貴。

忠臣虞世南的「五絕」

虞世南，字伯施，隋越州餘姚（今屬浙江）人。他的祖父虞檢在南朝梁時官至始興王的咨議之職，父親虞荔在南朝陳時做過太子中庶子。由於虞世南的叔父虞寄沒有子嗣，虞荔便將世南過繼給弟弟，虞寄為感謝哥哥的恩德，便給世南取字伯施，也就是虞荔施恩之義。虞世南後來的品德出眾，似乎與這家庭的和睦謙讓有關係。

虞世南的父親虞荔去世時，世南還是個幼小的孩童，但他十分悲痛，差一點也隨父親而去。陳文帝聽說後，常派宦官去虞家安慰他們。三年孝滿後，陳文帝詔命年齡還不大的虞世南為建安王法曹參軍。就在這時，世南的養父虞寄身陷陳寶應的叛軍中，世南很為之擔憂，他每天只吃蔬菜不食肉，穿粗布衣服，直到叔父生還，才在叔父的命令下恢復了正常生活。

隋滅陳後，虞世南和他的哥哥虞世基一起入長安。楊廣即位後，虞世南被授予祕書郎。

但他自甘淡泊，不肯趨炎附勢。當時，他的大哥虞世基是煬帝最寵幸的權臣，炙手可熱。虞世南雖與大哥同住一宅，但他躬行節儉，不改書生本色，很為時人稱道。後來，宇文化及殺隋煬帝，虞世基也一併被殺。虞世南抱著宇文化及痛哭，請求代兄去死，化及不從。世南哀毀過度，幾乎傷心而死。

入唐後，虞世南深得唐太宗的信任。虞世南也竭誠效力，君臣甚是相得。虞世南雖然表面上看來很懦弱，實際上卻是志性抗烈耿直，每當論及前代帝王為政得失，都引古諷今以求補益時政，太宗也能誠心接納。他曾對侍衛說：「我和虞世南常談論詩書，商略古今，我如果在與他談話時有一言之失，心裡總是悵恨不已。他的忠心可嘉，我少不了他。如果群臣個個都能像他那樣，何愁天下不治？」

當然，虞世南的忠直有時也會惹得唐太宗不高興。唐高祖李淵駕崩後，太宗為顯示其孝心，命令高祖陵墓要以漢代長陵為標準，並命令必須在很短的時間裡完成陵墓工程。這勢必加重人民的負擔，虞世南奮而上疏諫止。他在奏疏中歷數古代昏昧君主厚葬擾民的事例，指出真正的孝道不應顯示在為先人大造陵寢，而是儉樸合乎舊制。

太宗看了奏疏，很不高興，但世南是他的愛臣，他也不便責備他，於是便把奏疏擱置一邊，不予理睬。

虞世南見奏疏不起作用，於是二度上疏。這個時候，別的大臣也紛紛上疏勸諫，太宗便只得接受群臣的建議。

虞世南從小便性格沉穩，清心寡欲，篤志向學。他受到的教育也是很好的。小時候與哥哥世基一起拜吳郡顧野王為師。顧野王是個大學者，他的《玉篇》至今仍是搞文字學的人的必讀書。在顧野王的悉心調教下，兄弟二人學業進步很快。二人在顧的指導下學習的十年中，打下了堅實的學術基礎。虞世南又好學不厭，有時由於專心學習而十天半月忘記洗浴。

說起虞世南的博學，還有這樣一個故事：

有一次，唐太宗命諸人把《列女傳》寫在屏風上，但當時沒有書，眾人無從下筆。虞世南僅憑記憶，一字不差地把全書寫在了屏風上。這件事轟動一時，人們對他的博聞強識深表欽敬。

虞世南在唐時也曾與太宗等人奉和，寫過一些歌功頌德的應制之作。但他還是有節制的。據說唐太宗寫宮體詩，讓虞世南奉和，虞世南拒不受命，說這種詩不是正體，上有所好，下必從之，因此不奉召。所以虞世南入唐後所作詩有齊梁詩風，與其說是有意為之，倒不如說是舊習難改更恰切些。

唐太宗對虞世南很敬重。虞世南去世時，太宗痛哭失聲，詔令把虞世南葬在自己未來的陵寢旁。在給魏王泰的信中，唐太宗深情地寫道：「虞世南與我猶如一體。他在我左右，拾遺補缺，一刻不忘。他確實是當代名臣，人倫標準啊！現在他死了，祕書省裡再找不到這樣出類拔萃的人物了！我心中的痛惜之情，又豈是言語所能道盡的！」

身老才壯的李百藥

李百藥（五六五—六四八年），字重規，定州安平（今河北省安平縣）人。他是隋唐之際的一位著名史學家、政治家，更是當時頗負盛名的文學家。

李百藥出身於官僚地主家庭，世代為官。祖父李敬族，北魏鎮遠將軍；父親李德林，隋翰內史令，封安平公。李百藥就出生在這樣一個仕宦家庭裡。

李百藥自幼就身體不好，經常鬧個小病小災的，弄得家中人個個為他擔驚受怕，提心吊膽。祖母趙氏最是心疼這個寶貝孫子，見他這麼好鬧毛病，於是就給他起了個名字叫「百藥」，有「百藥」在身，自然可以醫治百病。這無非是圖個吉利。後來百藥果然活到了八十多歲。

李百藥從小就受到了很好的教育，人又很聰敏，被人譽為「奇童」。據《新唐書》本傳記載，李百藥七歲就會寫詩作文，只可惜這些作品沒有一件流傳下來。書中還記載了另一件事：有一次，北齊中書舍人陸某等人去見李百藥的父親李德林，大家在一起讀徐陵的文章，文章中有「刈琅琊之稻」的話，坐中客人誰也不知這是指什麼事。李百藥也在旁邊聽大人講論，就插話道：「《春秋》中不是有『鄅子藉稻』嗎？杜預註解說在瑯琊。」眾人這才恍然大悟，既驚且喜，都說這個孩子真是個「奇童」。「奇童」就由此而來。

不過，李百藥的仕宦生涯並不順當。李百藥最初是靠著門蔭補了三衛長步入仕途的，這也是魏晉以來的通例。到了隋文帝開皇初年，李百藥被任命為東宮通事舍人，因才華出眾，又被擢升為太子舍人。李百藥性情疏懶，肯定得罪了不少的人，於是就有一些風言風語。李百藥不願意攪進這無聊的爭鬥中，就乘機告病辭官還鄉。

開皇十九年（五九九年），隋文帝於仁壽宮召見了他，襲爵為安平公。僕射楊素和吏部尚書牛弘都很愛他的才華，讓他做了禮部員外郎，奉詔定五禮律令。這是李百藥最為春風得意的時期。

但是這樣的日子並沒過多久，霉運就接踵而至。原來晉王楊廣一直在覬覦著太子的位置。作為東宮的屬官和太子楊勇的紅人，李百藥很自然地就卷進了爭奪儲位的政治旋渦中。李百藥告病還鄉時，楊廣曾召他去揚州（楊廣時為揚州總管），李百藥拒絕了，楊廣因此對他恨之入骨。所以楊廣一即位，就奪去了李百藥的爵位，打發他到偏遠的桂州去做司馬。大業九年（六一三年），李百藥駐守會稽，管崇亂城，李百藥守城有功，按理應該得到獎賞，可是煬帝看了李百藥的名字，對身邊的虞世基說：「這傢伙竟然還沒有死，應該把他打發到更偏遠的地方去。」於是有功的李百藥不僅沒得到獎賞，反而被貶到建安郡（今福建建甌）為郡丞。

接下來的李百藥更為不幸，他像一件物品一樣被人拋來拋去，而他自己卻始終無能為力：當他準備到建安郡赴任時，走到烏程（今浙江吳興縣），被沈法興的起義軍給俘獲，沈任命李百藥為府掾；不久，李子通打敗了沈法興，李百藥又成了李子通的俘虜，李子通任命他為內史侍郎；接著李子通被杜伏威打敗，李百藥成了杜伏威的俘虜，杜伏威又任命李百藥為行台考功郎中。這時已是唐武德四年（六二一年）了。第二年，唐高祖李淵派使者召杜伏威，李百藥極力勸杜伏威投降唐朝。杜伏威在進京的路上，突然又後悔了，就想把李百藥殺了。他給李百藥喝了石灰酒，結果陰差陽錯，李百藥折騰了一通之後，不但沒死，反而因禍得福，老病也全好了。杜伏威又寫信給輔公祏，讓輔公祏殺了李百藥，多虧杜伏威的養子王雄誕竭力保護，輔公祏沒殺李百藥，還任命李百藥為吏部侍郎。武德六年（六二三年），杜伏威反，有人說李百藥也參與其中，李淵大怒，發誓要殺了李百藥。等平定大亂之後，得到了杜伏威給輔公祏要他殺李百藥的書信，又了解到李百藥曾勸杜伏威降唐，李百藥這才死罪得免。但他畢竟是參加過農民起義軍的人物，還是不能輕易放過。於是李百藥又被貶為涇州（今甘肅涇州北）司戶。李百藥就這麼身不由己地被呼來喚去，直到後來唐太宗到涇州見到李百藥，這才把他召了回來，做了中書舍人。這時的李百藥，已是六十多歲的白髮老翁了。

李百藥晚年遇上唐太宗這麼一個愛才的君主，這是他的造化。李百藥當然也是感激涕零。

貞觀二年（六二八年），李百藥遷禮部侍郎；四年，授太子右庶子；十年，因撰寫《北齊書》有功，加散騎常侍，行太子右庶子。貞觀二十二年卒，活了八十四歲。

李百藥能詩能文，但他的文學成就主要還是在詩。據記載，太宗皇帝寫〈帝京篇〉十首，李百藥寫詩唱和，太宗看了之後，讚不絕口，親自寫詔褒獎，說：「卿何身之老而才之壯、齒宿而意之新乎？」（《新唐書》本傳）但是李百藥所和的〈帝京篇〉，現在也沒保存下來。

平心而論，在宮廷詩風瀰漫的貞觀詩壇上，李百藥的確是很值得重視的。由於李百藥生於改朝換代之際，又有著複雜的人生經歷，所以他的詩比起其他宮廷詩人來，有著更為真切的情感體驗。而他那些寫得比較感人的詩篇，也大多是在貶謫或羈旅途中寫下的。

貞觀之後，李百藥的詩風有了明顯的變化，這主要是因為生活上的養尊處優，使詩人失去了往日對人生社會的真切感受，有時也加入了宮廷詩人的大唱和中，詩集中的〈少年行〉、〈戲贈潘徐城門迎兩新婦〉等，就是這個時候的作品。

魏徵：唐太宗的一面鏡子

魏徵，字玄成，鉅鹿曲城（今屬河北）人。他雖然出身於一個卑微的小官吏家庭，但他對初唐的政治和文學都產生過重大影響。

魏徵小的時候，家境貧寒，為了糊口，他曾經當過道士。但他很喜歡讀書，尤其是喜讀《戰國策》，從小就夢想著將來要像那些縱橫家們一樣，憑著胸中的才學，幹一番驚天動地的事業。

俗話說：「亂世出英雄。」魏徵就趕上了這麼個亂世。隋義寧元年（六一七年），魏徵參加了河南瓦崗農民起義軍，為義軍出謀劃策，很受信任。

次年，瓦崗軍首領李密投降了唐王朝，到了長安。魏徵作為李密的幕僚，也來到了長安。

那個時候，唐王朝剛剛建立，政局不穩，尤其是一直控制在義軍手中的華山以東地區，更是人心浮動，一觸即發。作為起義軍中的一員，魏徵在義軍中享有很高的威望。所以他的到來，給了唐王朝很大的希望。魏徵被任命為祕書丞，並很快被派往山東（華山以東）去安撫李密的舊部。

主上既然以「國士」相待，哪怕是千難萬險，也義無反顧。魏徵此行果然不辱使命，而且還成功地勸服了瓦崗軍的一員大將徐世勣（後賜姓李，改名李績，即徐茂公）。

太子李建成對魏徵的才能很欣賞，魏徵因此做了太子洗馬，成了李建成的左膀右臂，並多次為李建成出謀劃策來對付李世民。「玄武門之變」後，太子李建成和李元吉被殺，太宗曾親自質問過魏徵，說：「你挑起我們兄弟間的不和，現在你還有什麼話說？」魏徵直截了當地說：「假如太子（李建成）早一點聽從我魏徵的話，他今天也許不會死。」李世民對魏徵的直率很讚賞，即位之後，就拜他為諫議大夫，封巨鹿縣男。從此開始了君臣間以誠相待的愉快合作。一個秉直不阿，犯顏直諫，一個虛心接納，知錯能改，成了後世史學家所津津樂道的一段佳話。

下面所引的兩則故事，說的就是這一情景。

唐太宗貞觀三年（六二九年）以後，唐王朝內治外安，開始出現隋末戰亂以來所未有的昇平氣象。群臣把這一切都歸功於太宗，紛紛稱頌太宗功德上比堯舜，太宗自己也很得意。這時，有一個大臣勸太宗仿效秦皇漢武，去泰山封禪，以「告成天地」。群臣多數持贊同意見，太宗也很願意。但魏徵認為，國家剛剛擺脫戰亂，人民還不富裕，這就像大病初癒一樣，應好好調養，而不應採取擾民行動。搞封禪活動不可避免地會加重沿途人民的負擔。他比喻說，就像人病後不久便去背著一石米，日行百里，而絕不可能成功一樣，在這個時候去封禪，也決無好的結果。

唐太宗聽了魏徵的話，經過再三考慮，終於放棄了「封禪」的打算。貞觀六年（六三二年）三月，太宗最喜愛的小女兒長樂公主下嫁給長孫沖。太宗想把女兒嫁妝增加一倍。這事讓魏徵知道了，他認為，這樣做一來違反禮制，更重要的是這樣做過於鋪張浪費，會給群臣和百姓做一個壞榜樣，於是又極力反對。

唐太宗拗不過他，只得同意他的意見，但心裡很不高興。他覺得魏徵管得太寬了！國家大事他可以出謀劃策，難道我的家事他也要管麼？他越想越氣。

這件事被長孫皇后知道了，她連忙去見太宗，對他說：「我聽說只有主上賢明，臣下才敢直諫。現在魏徵敢於這樣率直勸諫，一定是由於陛下賢明的緣故了。」太宗聽了這話，這才轉怒為喜，一笑了之。

太宗即位十年之後，漸漸滋生了驕傲自滿的情緒。魏徵針對這一情況，為了唐王朝的長治久安，向太宗上了〈十漸不克終疏〉。

貞觀十七年（六四三年），魏徵去世。太宗親臨靈前為之痛哭，並罷朝五日。出葬時又登苑西樓望哭，寫下了情真意切的〈望送魏徵葬〉詩，詩中說：「望望情何極，浪浪淚空泫。無復昔時人，芳春共誰遣？」後來太宗臨朝，每每想起魏徵來，嘆道：「以銅為鑑，可正衣冠；以古為鑑，可知興替；以人為鑑，可明得失。朕嘗保此三鑑，內防己過。今魏徵逝，一鑑亡矣！」

魏徵以「諍臣」知名於世，在文學上，也是唐初最重要的一個人物。在《隋書・文學傳序》中，魏徵總結了漢魏以來文學的發展，比較了南北朝學風的不同，提出了「掇彼清音，簡茲累句，各去所短，合其兩長」的融合南北的主張，為唐代文學的發展指明了正確的方向。

寄情山水的「斗酒學士」王績

王績（五八五—六四四年），字無功，號東皋子，唐時絳州龍門（今山西省河津縣）人，是唐初的著名詩人。

王績出生在一個貴族家庭。王家在龍門是大戶，各個朝代都出了一些有名的文官武將。到王績父親這一代時，雖然家道已經不如往昔，但還有良田十六頃，足以為一家人提供舒適的生活。

從王績降生那一刻起，全家便對他寄予了極大的希望，希望他能走上仕途以光宗耀祖，所以對他督責很嚴。在他六七歲時，父親就開始教他讀書。

王績慢慢長大了，讀的書也越來越多。在他讀過的所有典籍中，他最愛讀的是《周易》、《老子》和《莊子》這三部書。從少年時代起，他就對道家思想表現出了極大的興趣，他的一生受這三部書的影響很深。

隋文帝開皇二十年（六〇〇年），王績十六歲，父母為了開闊他的眼界，命他去各地遨遊。

他首先去了京城長安，經人推薦拜見了隋朝重臣楊素。楊素是一位文武皆通的名臣，也是隋朝的一位大詩人。他很喜愛王績的少年英才，並把他推薦給一些上層人士，使他很快出了名。長安的公卿大臣們稱王績為「神童仙子」，年紀輕輕的他就已成為長安知名度極高的才子了。

但王績並沒有在讚譽面前迷失自己。他認為自己還小，以後的路還很長，自己學養還不夠，婉言謝絕了楊素等人的推薦，繼續回家讀書。

隋煬帝大業元年（六〇五年），王績二十一歲時，因學行兼優，被舉薦為孝廉高策，朝廷授他祕書正字的官銜。但王績天性不願受束縛，自願要求去外地任地方官。最後被改授為六合（今江蘇省六合縣）縣丞。在六合縣，他並不怎麼過問日常政務，每天只以喝酒、讀書、出遊為務，受到了同行的彈劾。

其實，王績的「嗜酒不任事」，很大程度上是由於他看清了隋煬帝的昏庸殘暴。在這樣的皇帝手下做事，再努力也不會有好結果，還不如飲酒自樂，於人於己都沒什麼害處。他早就不想干縣丞這樣一個職務，於是便乘此機會，向朝廷告病去職，返回了家鄉。

回到家鄉時，王績的父母已去世了。他在自己的田地上，命人種上了許多可用來釀酒的黍子，釀酒自娛。他又養了一些鴨和鵝，一來用它們解悶，二來也是為了有下酒物。他又在山前山後種了不少的草藥，用來給自己和鄉鄰治病。這個小家已能向他提供他所要求的一切，他心滿意足地隱居在家鄉，再也不想出去闖蕩了。

在鄉間，他每每終日流連於田間地頭，吟詩飲酒，自得其樂。有時，他也想到能在一個清平的社會裡做些施民濟世的事，但如今只能隱居山水了。他的一些著名的反映其閒適生活和山水田園風光的田園詩便作於這一時期。

但詩人也並非完全孤獨，他還有幾個志趣相投的朋友。和他最親密的是隱士仲長子光。他是個啞子，但這並不影響兩人的交往。兩人有時對坐飲酒，有時一起去登北山，遊東皋，吟詩唱和，以筆墨交談。

在鄉居這段時間裡，他幾乎與外界完全斷絕了往來，自號為「東皋子」。

這時，外部世界已發生了巨大變化。隋煬帝的殘暴統治激起了全國的反抗，農民起義風起雲湧。太原留守李淵乘機稱帝，統一了全國，建立了唐朝。

雖然王績很久沒與外界來往了，但人們根本不可能忘記他，因為他的詩名實在太大了。

唐高祖武德八年（六二五年），李淵命令一些隋朝官員「待詔門下省」，王績被迫離開了家鄉，再次來到長安。

待詔期間，唐朝給每位前朝官員的待遇還是很優厚的，其中包括每人每天供酒三升。一天三升酒對一部分人來說根本喝不了，但王績酒量很大，三升酒並不能使他滿足。他的弟弟王靜這時也在長安做官，有一次問他哥哥：「在長安還愉快嗎？」

王績想了想，說：「俸祿還將就，有些寂寞，不如在家自在。只是每天的三升美酒還值得留戀，可惜還不夠。」

兄弟倆的話不久便傳遍了京城。侍中陳叔達聽到後，趕緊命人每天再多給王績一斗酒，因為怕他嫌酒少而不肯留下。這件事一時成了京城中的一條有趣的軼聞，人們因此稱王績為「斗酒學士」。

唐太宗貞觀初年（六二七年），該王績調動官職了。聽說太樂署史焦革會釀好酒，他便要求去做焦革的副手——太樂署丞。這又成為人們談論的話題——不愛高官愛美酒。在任太樂署丞這幾年裡，他從焦革那裡學到了不少酒的知識，二人關係極好。後來焦革死了，他的夫人仍常送酒給王績。不幸焦革夫人不久也去世了。這令王績感傷不已，於是決定棄官回鄉。

回到故鄉後，他把焦革製酒的方法撰為《酒經》一卷。他又把自杜康、儀狄（都是傳說中造酒高手）以來善於釀酒的人和各地名酒加以蒐集整理，寫成《酒譜》一卷。又在住宅旁立一座杜康祠，祭祀酒師，並作〈醉鄉記〉、〈五斗先生傳〉等文章以作紀念。

這次歸隱後，他開始肆意縱酒，寄情山水，以詩賦自樂。他把自己比做竹林七賢的阮籍、嵇康、劉伶和晉末詩人陶淵明。一直到他去世，一直過著這樣快樂逍遙的生活。

盧照鄰病中著詩文

盧照鄰出生在太宗貞觀初年。由於統治階級吸取了隋朝滅亡的教訓，採用了較為寬鬆的政策，因而政治清明，社會安定，經濟繁榮。少有才華的盧照鄰十幾歲便師從曹憲、王義方，學習《蒼》、《雅》和一些經史，很善於寫文章。之後，他離開了家鄉，遊宦各地。這段時間裡，他看到了祖國山河的壯美，體驗到了人間的疾苦，為他後來的詩歌創作打下了一定的基礎。

二十歲時，他在唐高祖的兒子鄧王李元裕的府中做了典簽（相當於文書一類的官）。鄧王府號稱有書十二車。十幾年中，盧照鄰如飢似渴地讀書，學識日漸廣博，加之本身就很有才華，得到了李元裕的賞識。當時李元裕曾對手下人說：「他是我的司馬相如（漢武帝時著名文學家）。」這段時間盧照鄰相對來說過得還比較悠閒和愉快。

高宗麟德二年（六六五年），鄧王病死，盧照鄰便離開了王府，這時他已經三十六歲了。幾年以後，他被任命為新都（今四川新都縣）尉。尉是縣令的副職，職位雖不高，但這猶如困龍入海，可以在事業上大展宏圖了。這時王勃正在蜀中漫遊，兩人結識並成了摯友，他們經常在一起作詩遊玩，非常暢快。不幸的事情終於發生了，他做官不久便患了「風疾」，不得已只好辭官離開了蜀中，在長安附近住了下來。

盧照鄰的家原本人丁興旺，有百餘口人，也很富足，但是遭逢家難，弟弟妹妹相繼死去。盧照鄰雖做了十餘年的官，收入卻很微薄，只七八年的工夫，家存的財物便用盡了。更為不幸的是，正在這節骨眼兒，盧照鄰又患了重病，因此本已清貧的家徹底衰落了。

盧照鄰在長安住在光德坊，這裡原本是鄱陽公主的住所，由於公主還未出嫁便病死，因而她的宅子也就廢棄了。當時，著名的醫學家孫思邈住在那兒，盧照鄰便去那求醫。正值壯年的盧照鄰臥病在床，一下子就是三個月，他很盼望早日康復。恰逢天子去甘泉避暑遊玩，孫思邈奉旨陪同前往，使本來就孤單的盧照鄰備感寂寞。偌大的庭院，空空蕩蕩，只有院中的一棵病梨樹終日陪伴他，他感嘆上天的不公，百無聊賴，便寫了一篇〈病梨樹賦〉來表達自己內心的不平。

他藉病梨樹自比，表現了自己孤單無助而又身患疾病、才華無從施展的苦悶心情。胸懷遠志，又帶有一絲惆悵，恨不得變成一只風箏去翱翔藍天，建功立業。

在長安期間，他聽說此去不遠的太白山有仙士醫術高明，病情稍有好轉，便迫不及待離了長安去太白山求醫看病。在那裡，他真的遇到了一位仙士，給了他一些紅色大藥丸，他吃下後感覺不錯。誰料禍不單行，盧照鄰的父親去世了。噩耗傳來，他悲痛至極，號啕大哭，藥丸便被吐了出來。這下他的病情加重了，腳也開始痙攣，一隻手又殘廢了。貧困的家庭早已無法支付高額的藥費了，他靠著一些朋友供他衣服和藥品艱難生活。自強好勝的盧照鄰心靈遭受到了沉重的打擊。後來他到了具茨山下，借錢蓋了一間茅屋，又叫人將潁水引到房前屋後，稱自己的住所為墳墓。此時的盧照鄰對自己所患疾病已喪失了信心，只能用一些詩文來消遣餘生了。他寫了著名的〈五悲文〉，算是對自己一生的表白。

〈五悲文〉分為五個部分：悲才難、悲窮通、悲昔遊、悲今日、悲人生。盧照鄰認為他寫〈五悲文〉就是「申萬物之情」。實際上，這篇文可以說記述了盧照鄰的一生。他悲哀有才學、有抱負的人不能得到好的結果，以此來寬慰自己受傷的心靈。

有才學又能怎樣？王方、楊亨最終不過做了個小官。盧照鄰在為別人悲，實際上也是對自己才高而官小的悲哀。緊接著他又是悲窮通、悲昔遊、悲今日，都是藉著別人的故事來講自己的親身體驗。

整篇〈五悲文〉到處流露著他對自己處境的不滿和無力回天的感慨，作者藉前人的不幸遭遇拿來品評，尋求安慰。可以說，〈五悲文〉是他總結自己的悲慘人生，抒寫對命運的抗爭和不得已向命運低頭的無奈。這也是他靜靜思索之後，對人生的探討，充滿了哲理與智慧，這是盧照鄰的才華橫溢、博覽群書的綜合體現。

最能表現他臥病在床的痛苦的，當屬〈釋疾文〉了。這篇文章是在他臥病十年之後寫的。他在序中描繪了痛苦之極的狀態：餘羸臥不起，行已十年，宛轉匡床，婆娑小室。未攀偃蹇桂，一臂連蜷；不學邯鄲步，兩足匍匐。寸步千里，咫尺山河。十餘年，他一直在小屋中，每走半步，便痛苦萬分，只能在屋中看著春去冬來，花開花落，即便坐車出屋，也不過「悠然一望」罷了。

〈釋疾文〉共有三篇，即粵若、悲夫、命曰，藉以表現自己的不幸，與〈五悲文〉類似，主要是借用別人的不幸來抒發自己的憤懣。他感嘆上天為什麼要將這不幸降臨到他一個人身上，讓他受盡折磨。

盧照鄰最終沒能忍受住病痛多年的折磨，投潁水自殺而死。

駱賓王寫〈討武曌檄〉

駱賓王是活躍於初唐文壇的重要詩人、作家，他給人印象最深的一點就是才氣縱橫。自幼他便異常聰慧，很善於寫文章，有「神童」的美譽，而且在品德上也有很好的名聲，尊敬師長，孝敬母親，可以說有德有才。

像這樣一位「德才兼備」的年輕人，前途應該是美妙的。不過，在封建時代裡，一個人要通泰發達，光靠這些是不行的，還需要有一定的機遇和向上攀附的手段。駱賓王雖才學出眾，但為人耿介，頗為自負。因而，他初涉官場便屢屢受挫。

唐高宗龍朔元年（六六一年），駱賓王被道王李元慶任命為府屬，開始了為官生涯。道王府中官吏如雲，駱賓王沒能得到重用，一轉眼，三年過去了。六六三年，朝廷下令各地選拔人才，不知何故李元慶想推薦駱賓王。於是，他讓駱賓王說說自己的才能。駱賓王給他寫了一篇〈自敘狀〉：「說己之長，言身之善，靦容冒進，貪祿要君，……此兇人以為恥，況吉士之為榮乎？所以令炫其能，斯不奉令。」乾乾脆脆地拒絕了薦舉，表現了這個年輕人恃才傲物的非凡性格。

駱賓王的這種態度，很顯然在官場中是難以發跡的。十幾年中，駱賓王的仕途坎坎坷坷。

高宗時期，皇帝李治並沒有什麼作為。整個社會穩定，人民能安居樂業，主要還是得益於太宗朝時的「貞觀之治」。李治自即位以來，身體一直不太好，而且他為人忠厚，缺少君王的威嚴，因而做事時多多少少受制於皇后武則天。

高宗弘道元年（六八三年），高宗李治病故，太子李顯（中宗）即位，武則天臨朝聽政，實際上是控制朝政。第二年（中宗嗣聖元年）武則天廢中宗為廬陵王，改立了豫王李旦（睿宗）為皇帝。李旦實際上是個傀儡，他對一手扶植他即位的母后一絲也不敢反抗，這樣，大唐的朝政便完完全全地掌握在了武則天的手中。

武則天是個頗有手腕和魄力的人，她一方面推行一些開明政策，另一方面則重用武氏宗親。這樣，李唐宗族、唐代舊臣與武后集團之間便展開了明爭暗鬥，並且這種鬥爭愈演愈烈。最終李唐王朝只是保留了一個國號，武周的新王朝即將正式建立了。

才華出眾的駱賓王的官運一直不好，做了官不是被貶就是被誣入獄。曲折的生活道路改變了他對功名的態度，但並未冷卻他要求立功的豪情壯志。後來，他被任命為臨海縣（今屬浙江）丞。唐代前期朝廷重內輕外，這個無所作為、受人奚落的官職令駱賓王極為失望，最終辭了官職。中宗嗣聖元年（六八四年），駱賓王來到揚州居住。在這裡，他遇見了從眉州貶為柳州司馬的徐敬業。

徐敬業少年時代就隨祖父征戰南北，非常勇敢。六八四年，徐敬業來到揚州，和他弟弟徐敬求共同聯絡了一些在揚州的有識之士，謀求武裝反抗武則天的統治。駱賓王此時正在揚州，徐敬業聽說後便邀請他參加這次武裝活動。按理說，兩人身份、地位不同，少有共同語言，駱賓王最後之所以參加進來，是由於他長期的政治失意，特別是受到迫害後心情壓抑，對武氏的專權產生了強烈的不滿。他的反抗既是為了恢復李唐王朝的封建正統，更主要是為了發洩個人悲憤的感情。

徐敬業認為反對武則天應找一個內應，這樣成功的可能性就大了。找來找去覺得宰相裴炎很合適，於是就讓駱賓王出個對策，想辦法拉裴炎入夥做內應。駱賓王靜靜地沉思了一會兒，計上心來，便作了一首歌謠：「一片火，兩片火，非衣小兒殿上坐。」剛開始只是裴炎莊上的小孩朗誦，後來逐漸傳播開來，整個長安城附近的兒童幾乎都會誦唱了。這下子裴炎可坐不住了，兩片火是「炎」字，非衣擱在一起是個「裴」字，不是在說裴炎要反嗎？於是，他開始尋找歌謠的來源。他召見了駱賓王，讓他對歌謠進行解釋。他先是拿出許多金銀寶物和綾羅綢緞，後又用美女和駿馬贈與駱賓王，可是駱賓王並不答話。最後裴炎拿出了一幅古代忠烈圖讓駱賓王看。當看到司馬賓稱王後，駱賓王站起來說：「這是英雄丈夫也。」其實裴炎就是想說，自古大臣當權很多都是重新建立國家，就是要造武則天的反。駱賓王對此大加稱讚，於是兩人便合謀在一起。

這年九月，徐敬業等人以「皇唐舊臣、公侯冢子」的身份，用恢復中宗帝位為口號，在揚州舉行了反對武則天的暴動，十天之內便集結了十萬多人。徐敬業自稱為匡復上將，並做揚州大都督；任命駱賓王為藝文令。就在這樣的政治背景下，駱賓王寫下了〈代李敬業傳檄天下文〉（〈討武曌檄〉），傳檄州縣，徐敬業攻城拔地，一時間聲勢浩大，四海震動。

這篇〈討武曌檄〉中貫穿著封建君臣的禮義思想，前半篇痛斥武則天穢亂宮闈的醜史，歷數了她「近狎邪僻，殘害忠良，殺姊屠兄，弒君鴆母」的種種罪行，寫出了武則天在由太宗時的才人依靠美色逐漸得到高宗的寵愛，並一步步走上權力最高點的過程中，親近許敬忠、李義府等奸臣，而對長孫無忌、上官儀等忠臣進行迫害，最後連自己的親屬也不放過的卑劣行為，然後順勢筆鋒一轉直指要害，揭露了她要篡權奪位的野心，指出她「包藏禍心，窺竊神器」的陰謀。

文章的後半部運用了典故來加以表現，他將徐敬業比作商朝時的宋微子。微子是商紂王的叔叔，在商滅亡後朝見周王的路上經過故都的廢墟，內心十分悲痛。駱賓王用來說明徐敬業也有同感，並以此激發人們懷念故國的情懷。同時號召人們起來響應。「共舉義旗，誓清妖孽」，發出了「一抔之土未乾，六尺之孤安在？」的感嘆，指出當時高宗皇帝剛剛安葬，而他的太子卻已經失去了帝位，李唐王朝已名存實亡了。最後用「請看今日之域中，竟是誰家之天下」做結，很有氣勢。不難看出這篇文章的刺激力和號召力在當時是非常大的。

這篇檄文在藝術表現上擺脫了隋及六朝時期駢文的拖泥帶水、堆砌辭藻、毫無生氣的景象，代之以一種清新俊逸的氣息。無論是敘事、抒情還是議論都能運筆自然，揮灑自如，堪稱駢文的精品之作。後人將這篇〈討武曌檄〉和王勃的〈滕王閣序〉，合稱為駢文雙璧。

駱賓王的文才固然是妙不可言，但徐敬業的武略卻不怎麼樣，在武則天迅速調集的三十萬大軍的攻擊下，只兩個月便潰不成軍。高郵一戰，揚州義軍幾乎全軍覆沒，駱賓王在亂軍中逃走了。後來他在杭州靈隱寺出家當了和尚，過起了隱居生活。據說著名的詩人宋之問遊覽靈隱寺時曾見過他，還和他對了一首詩呢！

〈討武曌檄〉使得駱賓王這樣一個文士出盡了風頭，充分向世人展示了他的才華。武則天在讀過檄文後也說「宰相安得失此人」，意思是說如果宰相善於蒐羅人才，駱賓王這樣的奇才怎麼會被敵方所用。可見武則天還是頗有眼力的。這篇檄文是駱賓王政治生涯中最輝煌的一頁，同時也是他政治生涯結束的開始。

對於駱賓王從做官到被貶，從再做官到被誣入獄，一直到參與反對武則天的暴動，聞一多先生的評價恰到好處。他說駱賓王「天生一副俠骨，專喜歡管閒事，打抱不平，殺人報仇，革命」。回味駱賓王的一生，在政治上只留下了挫折和失敗的記錄，而坎坷的經歷卻使得他在文學創作上取得了輝煌的成功。

才驚四座的〈滕王閣序〉

王勃少年時才華出眾，可步入仕途之後就不那麼一帆風順了。先是在沛王府做一些編撰的事情，由於寫了一篇討伐英王雞的〈檄英王雞文〉被逐出王府，這是他做官之後第一次遭到打擊。失意的王勃開始了四五年的漂泊生活，這段經歷對他理解社會、人生有很大影響，因而也給他的文學創作帶來了深刻影響。

王勃的家裡人口多，共六個子女，父親王福時只是一個縣令，收入不多。王勃幾年的漂泊生活給家裡造成了很大的經濟負擔。他心裡感到很內疚，想盡可能地為家裡分擔一部分。恰巧他的一位叫陸季友的朋友在虢州做司法參軍（參軍在唐代是九品的低級地方官），告訴他虢州所管轄的弘農（今河南省寶靈縣）盛產藥材，勸說他到那裡謀求個官做。由於王勃出來做官前曾經學過一年多的醫學，對這方面也有一定的興趣，於是，他委託幾個朋友幫忙，補任了個虢州參軍。

再次做官，王勃並沒有改掉以前的秉性，由於看不慣周圍人的做事方式，經常獨來獨往，不善於處理官場中相當複雜的人際關係。沒過半年，王勃遭到了第二次更為沉重的打擊。事情是這樣的：有個叫曹達的官奴犯了罪，逃到了王勃的家裡，王勃先是收藏了曹達，後來害怕這件事情敗露影響到自己，就偷偷地把曹達殺了。不久事情敗露了，王勃被判了死刑。恰巧這年八月天下大赦，總算死裡逃生。王勃雖然逃過了這場災難，卻被除了名，為官生涯就此結束了。他的父親王福時也因為這件事受到牽連，被派到南方邊遠地區去當交趾（今越南北部）令。

王勃被免官之後，曾有過復職的機會，但經過那兩次挫折，也已不再留戀官場生活了。他內心非常苦悶，覺得老天對他不公平，更覺得對不起年邁的老父親，閒暇煩悶的王勃決定去交趾探望父親。一路上，他會親訪友，飲酒賦詩，心情也逐漸輕鬆了不少。這一天，他來到了洪州（今江西省南昌市）地界，遊覽了聞名遐邇的南昌滕王閣，寫下了震撼古今的駢文名篇〈秋日登洪府滕王閣餞別序〉（簡稱〈滕王閣序〉）。

滕王閣是唐高祖的兒子李元嬰（貞觀十三年受封為滕王）做洪州都督時修建的。他為了能聚友飲酒共同欣賞長江美景，就花了鉅資在江邊修建了一座王家花園，滕王閣是這當中最著名的景點。歷史滄桑巨變，如今這裡只留下了一座氣勢宏偉的滕王閣佇立江邊。王勃面對著昔日盛極一時的天下名樓，想到滕王閣的興衰歷程，再回想起自己做官、漂游的曲折人生，不禁感慨萬端。

到南昌的第二天，正逢九月初九。王勃聽說洪州都督閻公要在滕王閣大宴賓客，與文人墨客把盞賦詩，於是也趕來助興。這個洪州都督實際上是為了讓自己的女婿孟學士在眾賓客面前展示一下才華，讓他事先寫好一篇滕王閣序，準備到時炫耀一番。

九月，秋高氣爽，景色宜人。滕王閣熱鬧非凡，洪州的各界名流幾乎都到了，大家分賓主落座。閻公坐在主位，當地的文人按照資歷依次而坐，王勃因為是個外來的，又很年輕，便坐在了末席。閻公見賓客都已就座，便欠身離席，滿面春風地客套了幾句。眾賓客飲酒閒談了一陣子之後，閻公見時機差不多了便打斷大家說：「今天相會，我很高興能聚會於這歷史名樓，面對著這良辰美景，大家何不揮毫潑墨，即興作一篇詩文來讚美滕王閣呢？」說著便吩咐隨從人員拿來紙筆，很客氣地請賓客們用筆。賓客當中有些人知道內情，明擺著他是想讓孟學士一展才華，也就不願自討沒趣；不知道的有礙於他是洪州地方官，不知葫蘆裡賣的是什麼藥，也不敢貿然上前。這樣的局面，是閻公意料之中的，他滿以為這麼一讓，大家一推辭，自然就輪到他女婿上場了。不料，當隨從讓到王勃座位時，王勃非常爽快地答應下來。眾人將目光集中在了這位陌生的年輕人身上，只見他一身文人裝束，風度翩翩，眉眼間透著一股自信和英武的豪氣。

閻公沒料到竟有人敢接這筆硯，而且還是個素不相識的外鄉人，十分不高興。但在眾賓客面前，卻又不好表現出來，只是離開座位，一甩袖子出去了。閻公派專人伺候王勃寫序文，暗中讓手下人及時向他通報王勃寫些什麼，自己在外面焦急地等候。

只見王勃從容地接過筆，展開紙，飽蘸了墨汁，略略沉思了片刻，便揮筆作起序來。

第一個隨從向閻公報說：「南昌故郡，洪都新府。」閻公對此不屑一顧，「這是老生常談。」緊接下來，又有人報說：「星分翼軫，地接衡廬。」閻公聽後，沉思一下便不說話了。就這樣，王勃每寫一句，便有人飛速通報閻公。每次閻公只是不住地點頭。當報到「落霞與孤鶩齊飛，秋水共長天一色」一句時，閻公突然站了起來，吃驚地說：「真是個天才呀！這是不朽的名作。」閻公一改先前傲慢的態度，從內心佩服王勃的才華，他回到座位，十分恭敬地對待王勃，宴會也在十分和諧、愉快的氣氛中結束了。

王勃用這篇〈滕王閣序〉抒發了他羈旅漂泊之情和懷才不遇的感慨。多年的官場失意和遊歷生活在這篇序文中充分體現出來。文章一開始，他就對滕王閣四周景物和宴會盛大的場面作了極力描繪：「南昌故郡，洪都新府。星分翼軫，地接衡廬。……物華天寶，龍光射牛鬥之墟；人傑地靈，徐孺下陳蕃之榻。」只幾句話，便交代了滕王閣所處的地理位置，並點出洪府地區不僅山河壯美、物產豐富而且人才輩出。接著又用「十旬休假，勝友如雲；千里逢迎，高朋滿座」幾句渲染了當時會賓客於滕王閣的盛大場面。在描寫滕王閣景物時，王勃用華美的語言，表現了開闊的意境。「……落霞與孤鶩齊飛，秋水共長天一色。漁舟唱晚，響窮彭蠡之濱；雁陣驚寒，聲斷衡陽之浦」，這裡營造了江邊滕王閣周圍美妙的景色。景物描寫有動有靜，手法不同尋常。

王勃還用大量典故來表現自己的感慨，「嗟乎，時運不濟，命運多舛？馮唐易老，李廣難封……」馮唐和李廣都是漢代名人，武帝時，馮唐被舉薦當官，可是他已九十歲了，不能做官了；李廣多次參與匈奴作戰，但始終沒能建立功業而受封賞，王勃以他們二人自比，感嘆時光流逝，自己功業難成。王勃還以屈原、賈誼自比，來說明自己不是沒有遇到名主，只是由於有小人在作祟，發出了自己有報國的心願但「無路請纓」的感嘆。

〈滕王閣序〉採用對偶句的駢文形式，行文流暢，語言華美卻不晦澀，引用典故自然恰當，為唐代駢文的創作注入了活力。就連最反對駢文的韓愈對王勃的這篇序文也讚嘆不已，可見當時這篇文章的影響是很大的。至今讀起此文，我們還能感受到文章中透出的超然才氣。

杜審言因狂傲險遭殺身

杜審言，字必簡，祖籍襄陽，從其父始遷居鞏縣。杜審言是唐代大詩人杜甫的祖父，是初唐時期的一位重要詩人。早在青年時代，便以詩文名世，與李嶠、崔融、蘇味道齊名，時人譽為「文章四友」。杜審言於高宗咸亨元年（六七〇年）舉進士第，時年方二十歲出頭。他雖早年折桂，但一生仕途頗為坎坷，正所謂「載筆下寮，三十餘載」。杜審言舉進士後，曾任隰城尉、洛陽丞。聖歷元年（六九八年），坐事貶吉州司戶參軍，後招還東都。武則天建周，授著作佐郎，遷膳部員外郎。唐中宗神龍初（七〇五年），武則天的內寵張易之兄弟被誅，他受到株連，被流放嶺外峰州。不久，又被召還，任國子監主簿、修文館直學士。景龍二年（七〇八年）冬病卒。杜審言三十餘年仕途生活中，曾兩次遭貶，可謂仕途蹭蹬；雖也有兩次入京為官的機會，但職任不顯，可謂有機無緣。仕途的不得志，常使杜審言有歸隱之想，然宦海沉浮漂泊了一生，終未忍棄官途。

杜審言雅善五言詩，工書翰。然恃才自傲，時作狂語，而又性情孤僻，與人寡合，故而久沉下僚。關於杜審言的狂傲，新舊《唐書》記有四事：

唐高宗乾封年間，蘇味道做天官侍郎，主持吏部試選京官。杜審言以隰城尉的身份入京應試。當時，吏部出的考題是根據一具體案例，要求考生提出自己的意見並寫出判狀。杜審言應試的判詞寫完之後，走出吏部大堂對人說：「蘇味道必死無疑。」人們不解其意，詢問其中緣故。杜審言說：「他看了我寫的判詞，一定會覺得自愧不如，豈不要羞愧而死。」又曾對人說：「我的文章，藝壓群芳，即便是屈原、宋玉也只能做我的衙役；我的書法，妙絕一世，即便是王羲之也只能在我面前北面稱臣。」人們皆以為他的話過於荒誕。

杜審言於武則天聖曆年間，坐事貶吉州，做了一個官職低微的司戶參軍。他自恃才高，傲然處世，對吉州同僚多不理睬，為同僚所嫉。時有司馬周季重、司戶郭若訥氣憤不過，終生邪念，於是二人共同編造罪狀，陷害杜審言。杜審言因此被捕入獄。二人又計劃將杜審言置之死地。杜審言有子名杜並，當時不過才十三歲，他聞說父親被周季重、郭若訥陷害，極其氣憤。一天，乘周季重在府中與人宴飲之機，懷利刃潛入，刺周季重於席前。周季重臨死前嘆道：「我不知道杜審言有這樣一個孝子，能替父報仇，是郭若訥誤了我的性命啊！」周季重死時，杜並也被周季重的手下殺害。杜審言此獄雖純屬誣陷，但其子殺人罪不可免，因而被罷了官，回到東都後，親自為兒子寫了祭文。一時間，杜審言的朋友都有感於杜並的孝烈，蘇頲為他作了墓志銘，劉允濟為他作了祭文。這是杜審言因狂傲，幾乎招來殺身之禍的一例。

武則天長安年間，杜審言被召入宮，則天皇帝準備重新起用他。武則天問杜審言：「我要讓你在朝中為官，你高興嗎？」杜審言並沒有正面回答，而是手之舞之，足之蹈之，上前稱謝，舉動形態間表達了他內心的歡喜，表現頗為放浪。武則天也是一時高興，便命他寫一首〈歡喜詩〉。杜審言不假思索，隨口唱出。武則天聽了，讚嘆不已，於是封杜審言為著作佐郎。只可惜杜審言的〈歡喜詩〉沒有流傳下來，我們只知道他稱謝時的狂態，而不知道他的詩中是否有調侃的狂語。

唐中宗景龍二年（七〇八年），杜審言病重，臥床不起。宋之問、武平一等人來看望他，問他病情如何。這時杜審言已病入膏肓，但他精神尚好，還未改詼諧和狂傲的本性。他談起病情時說：「我的病，讓你們這班幸運的小輩都感到非常痛苦了，我還說什麼呢。」接著話題一轉，又說：「我活著，總是壓在你們頭上，使你們在文壇上無出頭之日，如今我就要死了，我所遺憾的是，我還沒有看到能夠取代我的人。」足見杜審言的狂傲至死未變。

才高品低的文人「沈宋」

在我國詩歌發展史上，唐詩猶如一座奇峰，舉世矚目。唐代詩歌具有代表性的詩歌形式是律詩。提起律詩，人們自然會想到「沈宋」，「沈」即沈佺期，「宋」即宋之問。他們是武則天時期的宮廷詩人，很有才學，但說到人品，實在是不敢恭維。他們的詩歌大多是歌功頌德的應制之作，並不為人所稱道，但在律詩的形式上卻有著重要的貢獻。

宋代歐陽修在《新唐書・宋之問傳》中寫道：「魏建安後迄江左，詩律屢變。至沈約、庾信，以音韻相婉附，屬對精密；乃之問、佺期，又加靡麗，回忌聲病，約句準篇，如錦繡成文。學者宗之，號為沈宋。」這裡，歐陽修將沈宋在律詩的成熟和定型方面的貢獻作了簡要概括。律詩自形成起，經過歷代文人加以規劃，形成一種定律，但並未得到社會的廣泛承認而為所有人遵守。直到沈宋時期，他們在掌握了漢字特點的基礎上，順應詩歌發展的潮流，建立了格律詩體。學者們紛紛沿襲，律詩才真正形成。

提及沈宋，由於他們主要活動在宮廷裡，人們往往將他們看做「御用文人」而加以鄙視。實際上，在政治風雲變幻莫測的年代，作為身單力孤的文人往往無法掌握自己的命運。可以說，他們都是統治者爭權奪利鬥爭中的犧牲品。就文學創作而言，他們在被貶荒遠之地時，也寫了些描寫現實和表現心聲的優秀詩篇。

沈佺期，字雲卿，相州內黃（今河南內黃）人。少年時代就離家出遊，交友寫詩。主要是紀遊詩，描寫祖國山川河流的壯美和一些旅遊時的見聞。詩寫得雖然不很成熟，但卻透著一股清新自然的氣象。讀書人，最終是要通過科舉走上仕途的，沈佺期自然也不例外。他和宋之問都是在高宗上元二年（六七五年）中的進士。中舉後，他一直在朝廷做一些小官。這個時期，唐王朝曾和吐蕃、新羅、突厥等發生多次戰爭。沈佺期在做官之餘，寫了一些描寫戰爭生活和以徵兵為題材的邊塞詩。

沈佺期步入中年之後，開始走官運了。這主要得益於張易之、張昌宗兄弟。當時武則天寵幸二張，經常與他們在內殿飲酒作樂。為了掩飾這種穢亂內宮的醜態，武則天便叫二張和文學之士李嶠等人在內殿編修《三教珠英》。而立之年的沈佺期似乎在官場十餘年的摸爬滾打中悟出了許多道理，他主動接近二張，並不斷地獻殷勤，顯示了趨炎附勢的才能。二張正需要人手，自然略加考察便接納了沈佺期。不久，沈佺期由當時的尚書省轉入到內廷做事，正式地成為宮內的文學侍從，交往的人也變成了當時社會的上層人物。

宮廷詩人無非就是寫一些歌功頌德、應酬唱和的作品。沈佺期進入內廷後，有時為公主作禱祝之詞，有時入王府赴宴寫詩，有時同達官貴族唱酬。但最使他感到榮幸的是陪同武則天遊玩寫詩。武后長安元年（七〇一年）十月，武則天自己帶著一班文武大臣離開洛陽向京師長安進發，沈佺期也隨王伴駕。當時，一行人路過華山，他寫了〈辛丑十月上幸長安時扈從出西嶽作〉，描寫了西嶽華山的美麗風光，也寫了有關華山的種種傳說，但最終還是落到了歌頌聖上這一點：「皇明應天遊，十月戒豐鎬。微末忝閒從，兼得事蘋藻。」就這樣，沈佺期陪同武則天出遊，每到一處便寫些頌聖的詩作。七〇三年，武則天準備回洛陽了，出發前沈佺期作〈扈從出長安應制〉，寫了龐大的出遊隊伍經過長樂坡、新豐，正是初冬時候，已經是「薄霜沾上路，殘雪繞離宮」了。詩的開頭說：「漢宅規模壯，周都景命隆。西賓讓東主，法駕幸天中。」（洛陽號稱居天下之中）按照武則天定都洛陽的意思，把東都洛陽大加讚頌了一番。最後說：「臣忝承明台，多慚獻雄賦。」從詩中不難看出，他的確是甘心情願地當文學侍從了。此時的沈佺期已完全沒了年輕時代的清靈之氣了，詩歌的題材已進入了宮廷生活的狹窄天地。不過這對他在格律方面的探索並沒有什麼影響。

伴君如伴虎，這話一點兒不假。做文學侍從也並非想象中那麼舒服安逸，稍有不慎，便會有殺身之禍。武周後期，武則天的種種行為越來越讓朝廷大臣不滿，人們對飛揚跋扈的二張更是恨之入骨。中宗神龍元年（七〇五年）正月，張柬之、敬暉等人發動了宮廷政變，殺掉張易之、張昌宗兄弟二人，武后退位。依附二張的文人們被流放荒遠地區，沈佺期也在其中。在流放期間，沈佺期遠離宮廷，寫了不少好詩，但仍然對以往宮廷豪華生活戀戀不捨，盼望著再入宮廷，時不時將這種想法在詩中體現出來。

時機終於來了。在宮廷政變發生的第二年，朝廷重臣武三思和韋皇后相勾結，殺了張柬之等人。中宗回到長安，大赦天下。這可把沈佺期樂壞了，急忙返回京都響應武三思，再次入宮做了文學侍從。這次陪同的皇帝已變成了中宗李顯了。李顯經常帶著侍從宴遊山水，沈佺期參加了許多次活動，並寫了不少的應制詩，其中〈奉和晦日幸昆明池應制〉比較出名。他和太平公主、長樂公主比較親近，許多作品就是為這兩人做的，自然他就被認為是太平公主的人。終於，在唐玄宗李隆基發動政變擊敗太平公主奪取王位後，他受到株連被殺。

沈佺期在坎坷的為官道路上，始終不惜人格追逐高官厚祿，結果一而再、再而三地卷進統治者爭奪帝位的旋渦中。第一次他僥倖躲過一劫，但這一次他卻不那麼幸運了。

宋之問，一名少連，字延清。汾州（今山西汾陽縣）人。他幾乎走了與沈佺期同樣的一條道路。先是因依附二張而被貶，後又投靠武三思。這人比沈佺期更慣於看風使舵，最喜歡親近、奉承有權勢的人。中宗時，被貶為越州（今浙江紹興市）長史。睿宗李旦復位後，認為宋之問「獪險惡盈惡」，流放欽州（今廣西）。玄宗即位後，政治刷新，作了大量的人事調整。他認為，宋之問雖有才學，但靠著投機而侍君三朝，不可用，賜死。由於宋之問出身於一個文化氛圍很濃的家庭，因而比沈佺期更有才華。在做官的閒暇之時，他寫了許多描繪怡然自得生活、抒發心意的詩歌。

宋之問雖然品行不高，但在唐代詩歌的發展上卻作出了重要的貢獻。他這個人主要靠依附朝廷重臣而逐步晉升，誰有權力就拜倒在誰的腳下，很會看風使舵。所以，他的詩歌大多都是歌功頌德、點綴昇平的作品，在思想內容上並無太大的價值，但在詩歌創作的藝術形式的探索方面卻很有成就。

宋之問生於一個文藝氣氛很濃的家庭，他的父親宋令文富於文才，而且工於書法，又有超人的氣力，人們都稱他身懷「三絕」。當時在汾州（今山西汾陽縣）有頭蠻牛，很好鬥，人們都不敢用繩子去勒住它。他聽說以後，毫不畏懼地一直走上去抓住兩隻牛角，將牛頸扭斷殺了那頭牛。宋之問才思敏捷，以文章出名；弟弟之悌以武功勇氣而聞名；之遜精於書法，特別是草書和隸書寫得好。人們都說他們三人各得到父親的一絕。

武后聖曆二年（六九九年）正月，武則天為其寵臣張易之、張昌宗兄弟二人建立府第，宋之問便巴結二人以求晉升。他進入二人的奉宸府內做官，便成了武則天執政後期的宮廷詩人。當時張易之的許多作品都是宋之問暗中代他寫的。宋之問經常陪侍武則天及其他權貴遊覽取樂，寫了不少的應制詩。如〈幸少林寺應制〉、〈幸岳寺應制〉，這些詩篇大多雕琢詞句，辭藻華麗，莊重典雅，但多為歌功頌德的空虛之詞。

一次，武則天遊覽洛陽龍門，她命令隨從人員寫詩讚美這一盛大場面，先寫成的人將賞賜一件錦袍。左史（記錄皇帝言行的官）東方虬思緒敏捷，第一個完成。武則天便賜給他一件錦袍，可是他答謝以後還沒能坐穩，宋之問的詩也寫好了。眾大臣們傳閱後沒有一個不稱讚的，都說論才力和詩歌語言的表現方面都比東方虬更勝一籌。武則天於是便把已賞給東方虬的錦袍拿回來轉賜給宋之問，這是宋之問第一次「奪魁」。

中宗嗣聖元年（六八四年）正月三十日，南方正值初春，天氣溫和，草木萌生，笛聲悠揚。中宗李顯駕臨昆明池，一時興致上來了，便親自寫了首詩來記述這次遊覽的情況。陪同皇帝遊覽的群臣一見，便紛紛寫詩應和，都希望自己的詩能博得皇帝的青睞，一下子數百篇文章寫成了。

中宗命人在昆明池的帳殿前面搭一座臨時的彩樓，命昭容（宮中女官名）上官婉兒作為評判，從這一百多首詩中選出一首作為新創的御製曲的詞。這些官員誰都想被選中，便紛紛聚集在彩樓前，焦慮地等待著。上官婉兒是著名的上官儀的孫女。武后時，上官儀和其父上官庭芝被殺，因而她被沒入掖廷。由於她聰穎過人且很有才華，便被武則天留在身邊。中宗即位後，又讓她做了女官。每次皇帝召見名流，赴宴作詩時，經常是由上官婉兒代替帝、后和長寧、安樂兩公主寫詩應和。她寫了很多這樣的作品，每次都詞采華美而有新意。中宗常命群臣做詩應和婉兒所作，並給予獎勵。朝廷內這種飲酒作詩的風氣在當時早已蔚然形成。儘管這些作品大多是浮華讚頌之詩，但由於有上官婉兒的把關，還是有許多名作出現，足見她的才華。這也是中宗讓她評判的原因。

只見上官婉兒坐在彩樓之上，快速地翻看著，並將她認為不好的文章隨手拋下樓來，那些詩篇便像樹葉一樣紛紛飄落。那些估計自己的詩不能入選的紛紛走上前來，認清自己的詩名便將它偷偷地放在自己的懷裡。等了一會兒，只剩下了沈佺期和宋之問兩個人的詩作沒有被扔下來。人們靜靜地等候著上官婉兒的最後評判。只見她也是面有難色，反覆斟酌。終於，一篇文章飛落下來。群臣一哄而上，爭搶著看，原來是沈佺期的詩。宋之問第二次奪魁。

沈宋二人的詩歌創作，內容大多並無可取之處，但早期和流放期間的作品還是有些成就的，也有一定的影響。在詩歌的藝術表現方面，他們卻使得歷經二三百年演變的律詩體系最後定型，而且還對五言排律和五、七言絕句進行了有益的嘗試。從他們的詩作當中，我們很容易發現這一點。他們人品雖然卑下，實為政治所迫，我們不能因人廢言，對他們在唐代詩歌發展史上的貢獻還是應給予充分肯定的。

張文成的〈遊仙窟〉

張文成的〈遊仙窟〉屬於戀情題材，它是唐傳奇中篇幅最長的作品，文近駢儷，其中夾雜著一些俚語俗諺。重要的是它完成了由志怪小說到傳奇小說的過渡，藝術上較以往小說更加細膩，對唐傳奇的發展起到了承前啟後的作用。作品整體品位不高，有許多色情描寫，宣揚的是一種「歡樂盡情，死猶所恨」的及時行樂思想，充分地暴露了浪蕩才子腐朽的人生觀。

張鷟（六六〇—七四一年），字文成，號浮休子，以字行。深州陸渾（今河北深縣）人。他從小就聰慧絕倫，博學多才。六七九年進士及第，得到了岐王府參軍的職位。他曾八次應制科舉，都是甲科，在文壇上享有很高聲譽。他不僅是個大才子，還是個幹練的官吏，在做河陽尉期間，「文成括書」和「張收鞍」兩個斷案的故事，充分顯示了他為官審案的才能。「文成括書」講的是有個叫呂元的人偽造了倉督馮忱的手書，盜取倉中的粟米。張將呂元的狀牒遮住，只留中間一個字，問呂元：「這是你寫的嗎？」呂說：「不是。」去掉遮蓋卻是呂元的公牒，又蓋上了他詐寫馮忱的手書，留下二字問他，他回答說：「是。」取下遮蓋，卻是詐書，於是呂元認罪。「張收鞍」說的是有個客商的驢韁繩斷了，驢連同鞍子一同丟失了。緊急追捕的命令下達後，偷盜者趁黑將驢放出，卻將鞍子藏了起來。張命手下人不要餵驢，夜裡再把它放掉。飢餓的驢徑直向前日餵飼處走去。張文成叫人搜查這家，果然在積草下搜得鞍子，眾人都為張文成的智慧所折服。

張文成此後還曾經做過御史，但他做大官並不像辦案那樣顯示出幹練的能力，當時姚崇認為他性情躁卞，儻蕩不檢，很看不起他。張文成還由於嘲弄時政而被彈劾，貶到嶺南，後來又回到京城做了司門員外郎。張文成的文章在當時非常有名，新羅、日本等鄰邦每次遣使者入朝，都用重金購買他寫的文章。他早期的著名作品〈遊仙窟〉就是在開元年間傳到日本的。後來該文在中國失傳了，卻在日本留下了它的傳本，並且很受推崇，被日本的才人視為必讀的書。

〈遊仙窟〉這篇傳奇大致記述了這樣的情景：張文成奉命從汧隴到河源，路上到了積石山，天色漸晚，人困馬乏，於是尋找住處。恰巧張文成面前閃出一所宅院，險峻異常。向上則有青壁萬尋，直下則有碧潭千仞。聽過去的老人講，這是神仙窟。這裡人跡罕至，只有鳥兒才能自由飛翔。四周樹枝上結滿了香果，山崖間桃花盛開，澗水細流，宛如仙境一般。張文成攀著山間的葛枝，蕩遊在山邊，感覺身體好像飛了起來，如精靈魂遊在神仙窟的周圍。恍惚間他看到一洗衣女子向這邊走來，趕忙上前詢問：「此誰家舍也？」「這是崔家女子的住宅。」「這崔家何許人也？」「她們是博陵王之苗裔，清河公之舊族。容貌美若天仙，世上無人可比。就連絳樹、宋玉那樣的美貌之人見到她們也未免愁雲滿面；她們還極善歌舞，就連韓娥、青琴也自愧不如。」張文成上前叫門，出來的是個貌美女子叫十娘，只露出半張臉，文成當即吟道：「斂笑偷殘靨，含笑露半唇；一眉猶叵耐，雙眼定傷人。」十娘馬上還了幾句：「好是他家好，人非著意人；何須漫相弄，幾許費精神。」當天文成就在這神仙窟住了下來。此宅還有一女子叫五嫂。張文成受到了二人熱情的款待，她們以詩書相調謔，宴飲歌舞，尋歡作樂，無所不至。

經五嫂做媒，十娘當晚便嫁給了文成，做了一夜的夫妻。說是「遊仙窟」，實際上是張文成在旅行中的一次豔遇，是當時文人逢場作戲、放蕩不羈生活的真實寫照。「仙」即指豔冶女子或是妓女，「遊仙窟」實際上可以說是張文成逛了一次妓院。為了掩飾醜惡、美化他放蕩的行徑，他還故意抬高女子的家世。看得出來，張文成對自己的私生活不是很注意。

〈遊仙窟〉在藝術表現上體現了唐傳奇的一些特點，它自然是現實主義手法和浪漫主義手法相結合的產物。張文成將他逛妓院的放蕩生活的場所作了理想化的虛構，他以文人的身份自敘「遊仙窟」的種種風流韻事，絲毫不加掩飾，為自己構築了美妙的「仙窟」意境。在張文成筆下，還談不上塑造了典型的人物形象，人物大多沒有多少思想內涵。這篇被歸結為戀情題材的傳奇不具有典型性，它沒有男女真心相戀、反抗壓迫等深刻思想，只不過是互相傾慕的苟合罷了。

張文成的〈遊仙窟〉在藝術結構上別具一格，在寫景抒情和描寫物態上，細膩生動，藉助了近乎形象化的比喻來描繪人物的形貌神態，細緻逼真。人物描寫已經注意到了心理的刻畫，特別是對人物神態、動作有了深層的描繪，他是這樣來表現五嫂的舞姿的：「欲似蟠龍宛轉，野鵠低昂。回面則日照蓮花，翻身則風吹弱柳。」極大地增強了表現力。這篇傳奇的語言駢散並用，相當靈活，毫不拘束，充滿了濃郁的生活氣息，但夾有許多俚語俗諺，而且有些地方語言過於卑瑣、浪蕩。

總的來說，張文成創作〈遊仙窟〉是成功的，雖然在思想內容上無足稱道，但它真實反映了當時士子文人的實際生活，藝術上有許多可借鑒的地方。〈遊仙窟〉的意義不在於傳奇作品本身，而在於它完成了由志怪小說到傳奇小說的過渡，從此唐人傳奇在文壇以它特有的魅力得到了蓬勃發展，在文學史上佔有一席之地。

「四明狂客」賀知章

賀知章是浙江會稽（今浙江紹興）人，浙江古稱為「四明」，所以晚年歸鄉的賀知章就給自己起了個號：「四明狂客」。

賀知章（六五九－七四四年）在武則天證聖元年（六九五年）應舉中進士，由姑表兄弟陸象先引薦為四門博士，負責教授京城中那些達官顯貴的子弟。賀知章性格開朗，平易近人，善於談笑，當時的賢士都傾慕他。張說做麗正殿修書使的時候，向皇帝奏請讓賀知章入書院參加撰寫《六典》、《文纂》等書。

張說是開元重臣，在盛唐文壇掌文學之任三十餘年，與蘇頲並稱「燕許大手筆」。賀知章能得到張說的賞識，可見當時的賀知章確實是才華出眾。

因為賀知章很有才華，官職不斷升遷。開元十三年（七二五年），升遷為禮部侍郎，同時加任集賢院學士、太子侍讀。十年後皇太子李亨做皇帝時，為了感謝賀知章侍讀之情，於乾元元年（七五八年）十一月，追贈賀知章為禮部尚書。這個時候賀知章已去世十四五年了。

賀知章為人不拘小節，狂放不羈，酷愛飲酒。天寶元年（七四一年），李白初到長安時就與賀知章相遇。李白是個狂放之人，更兼神采俊逸，談吐不凡，二人一見如故，彷彿伯牙遇見鍾子期一般。當李白拿出〈蜀道難〉一詩時，賀知章一邊讀，一邊讚嘆，還沒有讀完，已讚嘆四次，對李白說：「公非世間之人，一定是太白星謫在人間吧！」於是解下身邊的金龜換酒與李白豪飲，盡興而歸。

李白對賀知章也是極為尊重、讚賞，對這段知音之交永生難忘。在賀知章謝世後，李白痛哭流涕，寫下了〈對酒憶賀監二首〉，其一說：

四明有狂客，風流賀季真。
長安一相見，呼我謫仙人。
昔好杯中物，今為松下塵。
金龜換酒處，卻憶淚沾巾。

從詩中不難感受到李白對賀知章的深切懷念之情。

在賀知章生活的開元年間，社會表面上雖然繁榮昌盛，但實際上已是危機四伏。唐玄宗整天沉迷於酒色之中，不理朝政，由口蜜腹劍的李林甫把持朝政，宦官高力士在內宮也常進讒言。賀知章看到像李白這樣的人才都不能被朝廷重用，很是氣憤，無奈身單力薄，無力挽回，只能暗暗嘆息。

開元十四年（七二六年），賀知章已七十六歲高齡。這一年，惠文太子去世，賀知章負責主持辦喪。但因為年事已高，體力不濟，辦喪事過程中出現了差錯，故而改授工部侍郎。這一次政治轉折，使賀知章產生了離任之心。長期的宦海沉浮，使他把名利看得如過眼雲煙。他已隱約感到在歌舞昇平的社會下面隱藏的危機，因此常常醉酒逃世。

賀知章嗜酒成性是出了名的。杜甫在〈飲中八仙歌〉中說：「知章乘馬似乘船，眼花落井水底眠。」歷盡人生滄桑的賀知章已把紅塵看破，更是豪飲不止。相傳，賀知章由於飲酒過度，以至於鼻流黃膿。

賀知章為人放縱，其書法也不拘一格，而且是行草相間，飛動有力，極為狂怪。書寫時，他常問旁邊的人有幾張紙，如果說有十張，則所作詩文正好隨十張而盡；如果說二十張，則文也隨紙而盡，並且筆力不衰。人們都認為這是胸中所養不凡，才能如此自然。當時，賀知章的草書題詩與薛稷在東祕書廳壁上的畫鶴、郎餘令在書閣柱上的畫鳳、庭院中的落星石，並稱祕書省內四絕。相傳，唐文宗太和初年，詩人劉禹錫和州刺史任滿，與白居易結伴回歸洛陽。當他們遊覽至洛陽的洛中時，在北樓上見到賀知章於唐玄宗開元年間寫在牆壁上的草書。劉禹錫看見這墨跡雖然經歷了整整一百年，已經落滿塵埃，可仍舊龍騰虎躍，氣勢不凡，內心之中不禁發出深深的敬意，於是題下〈洛中寺北樓見賀監章草書題詩〉。詩中對賀知章高超的書法藝術讚嘆不已。

賀知章不但書法出眾，而且詩名遠播。〈詠柳〉之作早已家喻戶曉，他的一首五絕〈題袁氏別業〉，寫得趣味盎然，明代人曾將它繪成詩畫來欣賞。詩是這樣寫的：

> 主人不相識，偶坐為林泉。
> 莫謾愁沽酒，囊中自有錢。

天寶三年（七四四年），賀知章已在長安度過了半個世紀的官場生涯。賀知章以做道士為名，告老還鄉。他將原有宅地捐作道觀，玄宗御賜名為「千秋觀」，提拔他的兒子賀曾子為稽郡司馬，以便照顧他，並賜鏡湖剡川一曲作為放生池。

這一年的正月初五，賀知章告老還鄉。送別的場面十分隆重：在長安東南城外的長樂坡搭起了彩色的牌樓，張起了巨型的帳幕，車馬禁止通行，百官集畢。在一片絲竹管樂聲中，賀知章身披皇上親賜的道人羽衣，同僚們一個個輪流與賀知章道別。賀知章用顫抖的雙手舉起酒杯，與大家話別。當時餞行的隊伍中，不僅有皇太子、宰相，還有賀知章的好友。大家對賀知章的離去，依依不捨。「無因同執袂，相望但沾襟。」（齊澣〈送賀知章〉）離別的愁緒籠罩在大家心頭，於是每人賦詩一首，以敘別情。皇帝下詔把所有詩整理成冊，並親手賜序，當時壯闊的場面可想而知。李白聞知賀知章回鄉的消息，寫詩送行：

鏡湖流水漾清波，狂客歸舟逸興多。
山陰道士如相見，應寫〈黃庭〉換白鵝。
——〈送賀客歸越〉

當賀知章離開自己生活了半輩子的長安，又不由地想起生他養他的故鄉，故鄉現在應是什麼樣子呢？兒時的夥伴還好嗎？經過一個月的行程，賀知章終於回到了想念已久的故鄉，激動的心情無以言表。歸鄉的喜悅不久就染上了淡淡的哀愁，故鄉已物是人非，兒時的小夥伴大多都已作古，而孩子們見了自己，反而把自己當成了外鄉人：

少小離家老大回，鄉音無改鬢毛衰。
兒童相見不相識，笑問客從何處來？
——〈回鄉偶書〉

就在這一年，「四明狂客」賀知章在故鄉與世長辭，享年八十六歲。
然而，作為著名的詩人，人們是不會忘記他的。

一舉成名的文學大家陳子昂

陳子昂是由初唐向盛唐過渡時期傑出的文學家，他在唐代文學發展史中佔有重要的地位。當人們談到唐代詩文繁榮的發展過程時，幾乎無不提到陳子昂所做出的重要貢獻。唐代的大文學家李白、杜甫、韓愈、白居易都對他作了很高的評價，杜甫說他是「終古立忠義，〈感遇〉有遺篇」。韓愈評價他「國朝盛文章，子昂始高蹈」。後世的文學家和文論家們對陳子昂的評論更是數不勝數，高度讚揚了他對唐代文學的繁榮所起的開創性作用。陳子昂能夠得到如此的關注和評價，本身就說明他對唐代文學的發展有著重要的影響。

說到陳子昂的成名，真可謂是一夜之間。這要從陳子昂的身世說起。

陳子昂，字伯玉，出生於六五九年，四川射洪人。他的家庭很富有，是當地很有名氣的豪紳之家。他的父輩們都是讀書之人，但由於生逢南北朝、隋時的社會動亂，基本上是隱居在家，並不出去做官，也不參與政事，只是在家研讀各家經典，修身養性。所以，陳子昂的家學比較博雜，使他既精通儒家學說，也熟悉老莊、縱橫百家、陰陽五行之說。他的父親陳元敬很有英雄豪俠之氣。有一年，鄉間鬧了飢荒，陳元敬打開自己家的糧倉救濟鄉親們，一天之內就發放出去上萬斤糧食，卻一點兒也沒有求人回報的意思。他二十二歲時參加鄉試，考中後被拜文林郎，但他沒有出去做官，還是在家裡過著隱居的生活。不過，他在家鄉威信很高，當地人發生了糾葛，人們不去找官府，而願意來找他調解。他還好黃老仙道。陳子昂說父親是「玄圖天象，無所不達」。

從此，陳子昂入鄉校發憤讀書，遍覽經典古籍，更加注意研究歷史上那些聖君明相的治國謀略，探討各個朝代興亡的原因，為將來實現自己的雄心大志做了充分的準備。

六八一年，陳子昂二十一歲。他初次來到京都長安，入太學學習，為參加科舉考試做準備。在京都長安，陳子昂作為一個學子在太學讀書，在政治上、文學上都沒有顯示出什麼特別之處，但他從父祖那裡繼承來的豪俠之氣卻給人留下了很深的印象。傳說陳子昂剛入京時，誰也不知道有他這麼一個人。有一天，他在市場上見到一個賣胡琴的人，要價上萬。那些有錢的人互相傳著看，可誰也說不出來這胡琴是不是值這麼多錢。這時，陳子昂走出來對左右說：「給我拿錢買下來！」人們都吃驚地問他為什麼要這樣做，他回答說：「我善此樂。」大家又問他：「能不能詳細地告訴我們？」他說：「你們明天可以去宣陽里，到那裡你們就明白了。」第二天，人們如期去了宣陽里。陳子昂備了酒席，把胡琴放在大家面前。等吃過了飯，陳子昂拿著琴對大家說：「我是四川人，叫陳子昂，寫下了詩文百軸。來到京都，卻埋沒在碌碌塵土中，不為人們所知。拉胡琴是那些賤工幹的活，怎麼可以在它上面花費精力？」說罷，他舉起胡琴摔在地上，把胡琴摔得粉碎。然後，把他帶來的百軸詩文贈給來看熱鬧的人。他的這種豪舉，一下子就傳遍了京都。

陳子昂摔胡琴的故事有一些傳奇色彩，史籍上難以查考。而他真正成名，也是在一夜之間。

那是在六八四年，陳子昂二十四歲時。那一年，陳子昂在科舉考試中中了進士，為他實現自己的理想打下了基礎。此時的他，可以說是雄心勃勃，渴望得到當朝武則天的賞識和重用，以實現他「兼濟天下」的抱負。恰好這一年皇帝詔告天下，向有識之士徵詢治理國家的方略，即所謂的「調元氣之道」。這給了陳子昂一個向皇帝表現自己治國之志和治國韜略的機會。他立即以「草莽臣」的身份向皇帝上了〈諫政理書〉，全面闡述了自己的政治思想。在諫書中，提出了他的「安人」的政治主張，並且在吏治、司法、教育等方面提出了一系列的治國方略。

這一時期，朝內又發生了一件大事，唐高宗死在了洛陽宮。按照唐朝的慣例，他的靈駕要西遷，在長安的乾陵安葬。這種做法勢必要花費大量的人力、物力，無疑是勞民傷財之舉。對此，陳子昂向武則天寫了〈諫靈駕入京書〉，力圖諫止唐高宗的靈駕西遷長安。在上書中，他指出了高宗的靈駕西遷是勞民傷財，於國於民都有百害而無一利。因為靈駕西遷，皇帝還要送行，千乘萬騎要給百姓帶來巨大的負擔，勢必要徵集大量的民夫，鑿山採石，鋪路架橋，使百姓不得安寧。而且近年來，西北的大部分地區又遭荒饉，許多百姓流離失所，使得田野荒蕪，白骨縱橫，土地無主；再加上受到匈奴、吐蕃的威脅，百姓還要服兵役，更是不堪重負。在這種情況下，再增加百姓的負擔，難免會使他們不能按時耕作，秋收無望，再受苦難。他希望武則天能夠為百姓著想，改變靈駕西遷的決定。在上書中，他還嚴厲批評了朝廷的大臣們只有順從之議，沒有人出於國家的利益，出面勸阻靈駕西遷。

陳子昂的上書寫得情真意切，其立意之高遠，境界之開闊，氣魄之宏大，感情之真切，使他那憂國憂民的形象躍然紙上。特別是他的行文，一改當時所流行的駢儷句式，以單句為主，文章寫得自然流暢，不僅顯示出他不同尋常的政治才幹，也顯示出他特有的文才。武則天看了他的上書後，極為讚賞，特意在金華殿召見了他。面對武則天，陳子昂坦言王霸大略，詳細地談了他的政治主張，君臣之間談得十分慷慨激昂。這次召見，陳子昂給武則天留下了深刻的印象，她下令把陳子昂直接安排在朝廷中。

陳子昂受到武則天的賞識，並被直接安排在朝廷中，使他一下子出了名，為世人所矚目。在東都洛陽，他的詩文成為時尚，街頭巷口，人們都在互相傳誦；詩人們也紛紛學習，認為又出現了一個如漢朝時的司馬相如、揚雄那樣的大文學家，以至於有的人還賣陳子昂的詩文。由此，陳子昂的文名遠揚。

六八七年，武則天計劃開鑿蜀山，由雅州取道攻擊生羌。本來四川的生羌與漢民族各不相擾，和平相處，可武則天為了攻擊吐蕃，需要借道雅州，就不惜破壞羌漢兩族的友誼和邊界的和平，去攻打生羌。這無疑是窮兵黷武的行為。聽到這個消息，陳子昂立即寫了〈上雅州討生羌書〉，力陳七條理由來制止武則天的黷武行為。在上書中，他指出，皇帝的統治在於仁而不在於廣，在於養而不在於殺，而武則天執行的這種誅殺無罪的政策，會給四川人民留下遺患。因此，他強烈要求武則天不要再做這種窮兵黷武的事情，而要為百姓多多著想。

在朝廷中，陳子昂就是這樣以天下為己任履行自己的職責的。他總是表現得「不識時務」，沒有因為自己是武則天親自發現並安排在宮中而賣身投靠、曲意逢迎，而是按照自己的政治理想參與國家的政治。他不但能夠發現武則天的弊政，而且敢於出面直言批評。他所作的一系列政論言事的表疏中，論及唐朝的政治、經濟、軍事、文化、教育、國防、刑獄、吏治、行政等方面，中肯地批評了當時政治上的許多弊害，他的許多政治議論都非常有見地，表現出他傑出的政治才能。但是，他的才能雖然也被武則天所認識，卻實在與武則天所要達到的現實目的不合。也正是由於這種不合，武則天不可能重用陳子昂，她對陳子昂採取了一種特殊的處理辦法：聽而不用。她曾多次召見陳子昂，聽他的治國謀略，受一些啟發，卻「奏聞輒罷」，既不一定採納他的主張，也不重用他。這種冷處理的方法，使陳子昂處在極其尷尬的境地：懷有凌雲之志而被置於燕雀之所。理想與現實的巨大反差，造成他內心非常沉重的壓抑感。後來，他終於辭去了官職，歸鄉隱居了。

一天黃昏，陳子昂來到古時的燕地幽州。見到燕國舊都，想到曾在那裡活動的禮賢下士的燕昭王和太子丹，以及遊於燕國的樂生、鄒子等那些慷慨悲歌之士，那是個多麼令人羨慕的時代，君王禮賢下士，士為知己者死，壯烈的情懷留下了多少動人的故事，如今已經化為了煙灰沉於歷史之中了。自己卻無緣遇到禮賢下士的聖君，空懷報國之志而報國無門，由此，陳子昂不禁感慨萬千。他慨然寫下了組詩〈薊丘覽古〉七首：〈軒轅台〉、〈燕昭王〉、〈樂生〉、〈燕太子〉、〈田光先生〉、〈鄒子〉、〈郭隗〉。組詩中，他讚美燕時賢聖相逢的情景，以無限的感慨向天地追問：禮賢下士的燕昭王今安在？當他帶著惆悵的心情走馬重遊燕昭王故地時，多麼希望自己能夠遇到如燕昭王那樣的人君啊！在詩中他寫道：

「逢時獨為貴，歷代非無才。」指出歷代並不是沒有人才，而是被那些昏君和亂世所埋沒，以此表示了自己對武則天的強烈不滿。

當他登臨薊丘樓憑高遠望時，見到的是滿目荒蕪，無限延伸的天地空曠無語，自己置身於其中，是多麼的孤獨、寂寞啊！他不禁潸然淚下，心中湧出了〈登幽州臺歌〉。詩中將深邃的歷史縱深感、無限的精神境界、慷慨悲愴的情感蘊涵於悠悠的天地之中，直抒胸臆的「前不見古人，後不見來者」的慨嘆和「獨愴然而涕下」的描寫與之相應，創造出一個無限深廣的巨大的藝術空間，其中迴盪著詩人震撼千古的慨嘆。

陳子昂是武則天發現並且親自安排在朝廷中做京官的，這使他能夠一下子置身於百官之中，特別是能夠直接向武則天陳述自己的政治思想和主張。在一般人看來，陳子昂有著別人所不具備的飛黃騰達的極好條件，只要他與武則天保持好這種特殊的關係，設法得到武則天的賞識，那麼做一個一人之下、萬人之上的丞相，也就是一個時間的問題了。

陳子昂偏偏是個「不識時務」的人，雖然他被武則天直接安排在朝廷之中，對武則天也有著知遇之感，把武則天當做理想中的「聖君」，但他畢竟是個胸懷大志，抱著「達則兼濟天下」的遠大理想，對政治有著真知灼見的人，他不願當一個混跡於官場，只知追名逐利的小官僚，所以，他思考問題的角度和方法不在於個人的富貴尊榮，而真正在於國家、百姓，對於武則天的態度他也不是曲意逢迎，利用特殊關係進身求榮，而是依然按照自己的「安人」政治思想去做事，只要看到武則天在政治上有什麼弊病，就上書直言批評，顯得「不識時務」。

陳子昂剛進朝廷時，正是武則天攝政並為取代唐朝作準備的時期。武則天作為一個女性和李唐王朝的外姓要代唐自立，所面臨的敵對勢力是非常大的。巨大的壓力使武則天把主要的注意力投入到了維護自己的政治權力上。為了鞏固自己的統治，她甚至不惜殺害自己的親生骨肉，自然也不惜錯殺無辜。六八四年，徐敬業在揚州起兵反抗武則天，後又有李唐宗室李貞、李沖等起兵反抗，武則天以殘酷的方式對反對者進行了鎮壓。為了根除那些餘黨，她「盛開告密之門」，在朝堂內放了四個銅匭，其中一個專門收受告密文書。她規定，凡告密，任何官吏不得過問，都必須用驛馬送到京師由她親自處理，沿途供應五品官的伙食。告密如合她的意，就授予官職；如所告不實，也不加追究。她還親自召見一些告密人。一時間，告密風盛行。同時，她還任用索元禮、周興、來俊臣等人專門辦理謀反密案。這些酷吏製造出多種刑具折磨被告，使被告忍受不住酷刑，寧願承認謀反而求早死。結果是一人被告，牽連百人，稍有嫌疑，即遭屠殺。武則天任用的二十三個酷吏，先後殺了唐宗室數百人，大臣數百家，刺史、郎將不計其數。這些酷吏氣燄十分囂張，朝臣們有不合他們意的，就要被虐殺，搞得人心惶惶，連大臣們上朝前都要與家人告別，不知道能不能安全回來。

在這樣一種險惡的環境下，陳子昂不顧殺頭的危險，挺身而出，連連上書批評武則天濫用刑罰。六八六年，陳子昂上〈諫用刑書〉，直言批評武則天不能為百姓著想，使刑罰泛濫。他指出，所告的內容百無一實，卻只要有一人被告，就造成百人受牽連，到處可以見到抓人的官吏，人人都不知所措。他還嚴厲地斥責了酷吏，揭露他們的醜惡心理，說他們不識大局，只為追逐功名。他們濫殺濫捕為的是「榮身之利」，完全是出於自私自利的動機。他要求武則天停止濫用刑罰。六八九年，陳子昂又連上〈答制事問〉、〈諫刑書〉，強烈要求停止濫用刑罰，批評武則天的酷刑政策。在酷刑正濫時，陳子昂能夠上書表示自己的反對意見，逆武則天的意願，並與當時權重一時、殺性正起的酷吏相對立，不怕招來殺身之禍，足見他的勇氣和光明磊落的高尚品格。

陳子昂從國家的命運和人民的願望出發談論政事，不去揣摩武則天的心理，所以對武則天的弊政只要見到，就直言批評，不管是否迎合武則天。武則天在設法當女皇的時候，遇到一個最頭疼的問題，是自己身份的合法性問題。她必須解決新皇帝是女性、以武姓代替李姓的合理性問題。恰好在這個時候，僧法明等十人利用武則天曾經在感應寺削髮為尼的經歷，獻《大雲經》四卷，經中記載南天竺有個無名國是女王繼承，由此附會武則天是彌勒佛降生，應該代唐做天子。這實際上是迎合武則天，按照過去各代皇帝搞「祥瑞」的辦法為她當女皇找依據。武則天當然十分高興，立即頒布《大雲經》，令諸州都建大雲寺，藏一部《大雲經》，並在東都洛陽建天堂，供大佛像。這大佛造得非常大，僅小指就能夠容納數十人。剛建成的時候，被大風吹毀，又重新修建。這項工程巨大，每天要用上萬個民工，山嶺的木材被砍伐無數，國庫因此都要空了。對這種勞民傷財的做法，陳子昂非常憤怒，他作詩批評武則天：「聖人不利己，憂濟在元元。黃屋非堯意，瑤台安可論！」指出武則天用這種方法愚弄社會，以窮奢極麗的佛寺誇耀於民，只能使政治更加昏亂。當皇帝是武則天心中最大的事，她在全國大建寺廟就是為當女皇所作的鋪墊，陳子昂對此表示的不滿，當然是「不識時務」的。

唐代白話詩人王梵志

王梵志是一個謎一樣的人物儘管自唐宋以來，王梵志的詩歌一直被人引用，但對這個人物本身，人們差不多等於一無所知。

現在能見到的有關王梵志生平事蹟材料，要數晚唐馮翊子《桂苑叢談》所引的《史遺》中的記載為早，但這則記載也是雲纏霧繞地讓人很難琢磨。《史遺》說：王梵志是衛州黎陽人也。隋朝時，在黎陽城東十五里，住著個叫王德祖的人，家中有棵林檎樹，生了個像鬥那麼大的瘤子。過了三年，瘤子朽爛了。德祖就把樹瘤的皮揭下來，結果看見一個孩兒，王德祖就抱胎而出，收養了他。這個孩子到了七歲時才會說話。一會說話，就問：「是什麼人養育了我？我叫什麼名字？」王德祖就一五一十地把整個經過都告訴了他，說：「你是從樹上生下來的，所以起名梵天（後來改名為「志」）。你是在我家中長大的，你就姓王吧！」王梵志就這麼姓了王。長大以後，很會寫詩，用詩來勸人諷世，還說得頭頭是道。大概是菩薩示化的。

基本相同的記載還出現在《太平廣記》中（見卷八二引《逸史》）。這就是有關王梵志家世出身的最為詳盡的材料，但這一材料，顯然是虛多實少。還有的人根據所存詩歌來考證王梵志的生平事蹟，認為王梵志家從前可能很富有，所謂「吾富有錢時」、「吾家昔富有」、「吾家多有田」、「有錢怕人知」，就是最好的表白。家道中落之初，王梵志的日子也過得悠哉遊哉，挺瀟灑的：「吾有十畝田，種在南山坡。青松四五樹，綠豆兩三窠。熱即池中浴，涼便岸上歌。遨遊自取足，誰能奈我何？」可到後來，不知怎麼的，就日逐一日地窮困起來了：「草屋足風塵，床無破氈臥。客來且喚入，地鋪藁薦坐。家裡原無炭，柳麻且吹火。白酒瓦鉢盛，鐺子兩腳破。鹿脯三四條，石鹽五六顆。」這時還有草屋、床，還有白酒、鹿脯、石鹽以及幾件不像樣的家甚，可到了另一些詩裡，連這些東西都沒有了：「近逢窮業至，緣身一物無。披繩兼帶索，行時須杖扶。」從富有到窮困，這對王梵志肯定是一個很大的打擊。他於極度愁苦和悲傷中而得徹悟，而得解脫：「他家笑吾貧，吾貧極快樂」、「行年五十餘，始學無道理。回頭意經營，窮困只由你。……不羨榮華好，不羞貧賤惡。隨緣適世間，自得恣情樂。」在他徹悟了社會人生之後，王梵志就開始用這種通俗的詩來勸諷世人。

這就是人們從詩歌中考證出來的王梵志。有人說，王梵志是個棄嬰；有人說，王梵志是西域人；有人說，王梵志是「菩薩示化」，還有人懷疑王梵志其人的存在。但不管是哪一個，王梵志都是個謎。

王梵志詩歌的流傳也是個十分有趣的現象：唐宋時不斷有人引錄其詩，但從明代之後，就逐漸少有流傳，甚至像清初編的《全唐詩》都不曾收錄王梵志的詩，一直到敦煌石窟王梵志詩集卷子的發現，王梵志其人其詩才得以重見天日。

王梵志的詩歌有三百多首。大多是勸時諷世之作，雖然也有一些宣揚佛理之類的糟粕，但是更多的作品還是具有鮮明的時代特徵和深刻的社會歷史內容的。

王梵志生活在初唐。從歷史家的記載看，毫無疑問，這是個興盛繁榮的時代。但作為平民百姓，生活就未必像史書記載的那樣美好。王梵志的詩就反映了這一不大被史家注意的真實而深刻的現實：

貧窮田舍漢，庵子極孤淒。
兩窮前身種，今世作夫妻。

婦即客舂搗，夫即客扶犁。
黃昏到家裡，無米亦無柴。
男女空餓肚，狀似一食齋。
裡正追庸調，村頭共相催。
幞頭巾子露，衫破肚皮開。
體上無褌袴，足下復無鞋。
……
門前見債主，入戶見貧妻。
舍漏兒啼哭，重得逢苦災。
如此硬窮漢，村村一兩枚。

從詩中可以看出，窮苦人家的日子過得是多麼艱難！「貧窮實可憐，飢寒肚露地。戶役一概差，不辨棒下死。」而有錢人家卻是「牛羊共成群，滿圈養肥子。窖下多埋谷，尋常願米貴」。這是多麼不平等的現實啊！

作為一個通俗的白話詩人，王梵志的詩歌更多的是敦風厚俗、勸時諷世的格言式詩。

涉及的範圍相當廣泛，包括家庭鄰里、親戚朋友、吃穿行住、生老病死、貧富貴賤等。他在詩中，苦口婆心地勸告世人，做兒子的要孝敬父母：「你若是好兒，孝心看父母。五更床前立，即問安穩不。」因為只有「你孝我亦孝」，才能「不絕孝門戶」；但是現在的世道卻是「只見母憐兒，不見兒憐母。長大取得妻，卻嫌父母醜。耶娘不睬聒，專心聽婦語。生時不供養，死後祭泥土。如此倒見賊，打煞無人護。」兄弟之間應該和順：「兄弟須和順，叔侄莫輕欺。財物同箱櫃，房中莫蓄私。」為人應存信篤：「立身存篤信，景行勝將金。在處人攜接，諳知無負心。」應以「忍」字為先：「忍辱收珍寶，嗔他捐福田。高心難見佛，下意得生天。」他勸人應該學點技藝：「黃金未是寶，學問勝珠珍。丈夫無會藝，虛霑一世人。」不可嗜酒賭博：「飲酒妨生計，摴蒲必破家。但看此等色，不久作窮查。」不可貪杯好色：「世間難割捨，無過財色深。丈夫須遠命，割斷暗迷心。」不要譏笑貧弱之人：「他貧不得笑，他弱不得欺。太公未遇日，猶自獨釣魚。」結交朋友要結交善者，遠離惡人：「惡人相遠離，善者近相知。縱使天無雨，陰雲自潤衣。」與人相處要互相敬重，不要惡口相向：「敬他還自敬，輕他還自輕。罵他一兩口，他罵幾千聲；觸他父母諱，他觸祖父名。」欲覓無嗔根，少語最為精。」別人對自己有恩，必須報答：「負恩必須酬，施恩慎勿色。索他一石面，還他一斗麥。得他半疋練，還他二丈帛。」此類內容非常多，不再一一列舉。這裡面當然也有落後、陳腐的東西，但也有不少是頗值得肯定和借鑑的。

王梵志可能遭遇過一番大的變故，所以對人生、對生死體味得更深，這也是他詩歌中的一個最突出的主題。

王梵志的詩以五言詩為主，通俗易懂，深入人心。其風格也是時莊時諧，有時輕鬆幽默，有時嚴肅低沉。雖然有不少說教，但他這種通俗活潑的白話語言，卻征服了當時及後代的許多人。比如唐代王維、顧況、白居易以及杜荀鶴、羅隱等詩人向王梵志詩學習過；宋代的蘇軾、范成大等人也不同程度地受到過王梵志詩的影響；至於釋道中受王梵志影響的就更多一些，如唐代詩僧中的寒山、拾得、豐干等人，基本上是步王梵志詩歌的後塵。由此可見王梵志詩歌的深遠影響。

王梵志通俗白話詩的出現是中國詩歌中的一件大事。他的詩歌中所描寫的那種生活，他的詩歌所呈現出來的那種獨特的藝術魅力，都大大地豐富了中國詩歌藝術寶庫，具有特殊的意義。

張九齡與李林甫的忠奸鬥

張九齡（六七三—七四〇年），又名博物，字子壽，韶州曲江人，進士出身，才華橫溢。唐玄宗曾讚許說：「張九齡文章，自有唐名公弗如也。朕終身師之，不得其一二。此人真文場之元帥也。」（《開元天寶遺事》）他剛直不阿，敢於進諫。《新唐書》評價他「議論必極言得失，所推引皆正人」。《舊唐書》稱讚他「文學、政事，咸有所稱，一時之選也」。他在擔任宰相的三年時間裡，忠心耿耿地輔佐玄宗皇帝治理江山，為百姓做了一些好事，對國家有所貢獻，在歷史上是值得稱道的賢相。

張九齡的助手——副宰相李林甫，則是歷史上有名的奸相。他不學無術，卻又妒賢嫉能。每當他單獨向玄宗奏事時，總是陷害朝中那些忠正之士，人們稱他為「肉腰刀」。李林甫陰險、狡詐，他經常用甜蜜的語言引誘他人說出自己的過錯，然後就向皇帝密報。朝中大臣都說：「李公雖面有笑容，而肚中鑄劍也。」這就是「口蜜腹劍」這一成語的由來。李林甫的高明之處在於，他只使玄宗一人不知道他的奸詐。李林甫善於阿諛奉承，對於握有實權的人，或自己用得著的人，尤其是對明皇及其愛妃、宮女、宦官，他都千方百計地去諂媚討好。這樣做，既騙取了玄宗的信任，又在玄宗周圍安排了自己的密探，為實現當宰相的野心創造了有利條件。

張九齡賢直忠正，李林甫陰險奸詐，兩人在一起共事，矛盾是不可避免的。玄宗把李林甫任命為副宰相之後，才召見張九齡徵求他的意見。張九齡深知李林甫的底細，也不管明皇是否高興，就直言不諱地說：「宰相的好壞，關係到國家的前途命運。如果用人不當，國家就會遭殃。像李林甫這樣寡德少才的人當宰相，我擔心今後國家會因此而遭殃。」明皇本以為張九齡能贊同自己的做法，沒想到卻聽到了這樣一番話，心裡很不高興。

還有一次，唐玄宗請幾位近臣到御花園赴宴遊賞，玄宗指著欄杆前面池塘裡的魚，對同行的張九齡、李林甫等人說：「欄前盆池中所養的那幾條小魚，多麼活潑可愛。」李林甫馬上諂媚地笑著說：「那些魚兒也是沐浴著陛下的恩波啊。」張九齡在一旁接著說：「盆池中的魚就好像陛下所任用的人，他只能裝點風景而已，沒有更多的用途。」玄宗聽了，感到非常掃興。當時的人都讚美張九齡的忠直。

自從李林甫被張九齡當眾譏諷以後，他在公開場合輕易不發言，而是偷偷地單獨向玄宗奏事。開元二十四年（七三六年）的秋天，玄宗住在東都洛陽。有一天晚上，洛陽的宮中發現了「怪」，玄宗對此很迷信，以為要有不測之災降臨，不願再住下去，打算西還長安。第二天，便招集三位宰相來商議回長安的事。張九齡和裴耀卿極力規勸說：「現在農民正忙於收穫，陛下最好等到入冬農閒時再走吧。」李林甫在一旁只顧觀察玄宗的臉色，卻不發言。等到張九齡和裴耀卿往外走時，李林甫則一瘸一拐地跟在後面走。玄宗見狀就把他叫住了，很關心地問：「你的腳怎麼了？」李林甫見張九齡走遠了，便笑著說：「我的腳並沒有什麼毛病，剛才我是故意裝的，我想藉機單獨奏事。」接著又說道：「洛陽、長安，是陛下的東西宮，願意什麼時候住就什麼時候住，何必挑選時間。如果怕影響農民收穫，只要減免沿途州縣的租稅就行了。請讓我安排各部門準備有關事宜，馬上回長安。」這番話正合玄宗心意，高興得立刻下令西還。

張九齡和李林甫的矛盾還表現在人事任用上。牛仙客任涼州都督時，開源節流，積累了一些資財，倉庫也很充實。玄宗知道了，對他很賞識，想要提拔他做尚書。張九齡勸阻說：「不能這麼辦。尚書，自本朝以來，大多用舊相，或者才華出眾、品德優良、有較高威信的人來擔任。牛仙客只不過是一個沙湟地區的小官，現在一下子提升到尚書，天下人對這件事是不能服氣的。」提升不成，玄宗便想實封他。張九齡又反對說：「實封是用來獎賞有功之臣的。牛仙客做的是分內之事，不能算是有功，陛下考慮到他的功勞，賞給他黃金、玉帛就可以了，怎麼能輕易實封他呢？」玄宗氣憤地責問張九齡：「你是不是因為牛仙客出身寒微而嫌棄他？你看看你自己出身什麼門第？」張九齡知道皇帝動了怒，連忙叩頭謝罪，但仍堅持說：「我雖出身寒微，但我考中過進士，在京城為官多年；而牛仙客不過是一個邊疆的小官，不認得幾個字，如果這樣的人都當上了大官，對那些有才華的人不是一種打擊嗎？」唐玄宗被張九齡的一番話說得啞口無言，心裡很不高興，李林甫探知皇帝的心意後，背著張九齡對玄宗說：「牛仙客是當宰相的材料，何況做尚書呢？張九齡是個書呆子，只會照本本辦事。牛仙客雖然文化低點，但是才能出眾，陛下慧眼識英才，提拔他有什麼不行的？」玄宗聽了這段奉承話，心裡很高興，便聽從了李林甫的意見，在當年秋天命高力士拿白羽扇賞賜牛仙客。張九齡對此很後怕，為此特地作了一篇賦，又寫了一首〈歸燕〉詩送給李林甫。詩中寫道：「海燕何微渺，乘春亦蹇來。豈知泥滓賤，只見玉堂開。繡戶時雙入，華軒日幾回？無心與物競，鷹隼莫相猜。」由此可見，張九齡已萌生退意，也表明他對陰險、狡詐的李林甫有些懼怕。李林甫看後，知道張九齡不久將退位，對他的怒氣才稍解一點。這使他更加猖狂，在皇帝面前肆無忌憚地說張九齡的壞話，使皇帝對張九齡越來越反感。

開元二十四年（七三六年）十一月，張九齡和裴耀卿罷相，李林甫做了正宰相。李林甫則提拔牛仙客做副宰相。張九齡被罷相，雖與李林甫的排擠有一定關係，但決定因素還在玄宗。此時的唐玄宗已不再是胸懷大志、選賢任能、勇於納諫、創造「開元盛世」的賢君，而是一位驕傲自滿、故步自封、窮奢極欲，只願聽順耳的奉承話，而不願聽逆耳之忠言的昏君。他排斥忠良，寵信奸臣，最終釀成「安史之亂」，使唐朝走向衰落。

孟浩然：唐代著名山水詩人

孟浩然是唐代著名的山水詩人，他的詩清新疏俊，淡雅明快，少見狂放不羈，塵俗濁氣。「詩如其人」，孟浩然為詩如此，為人又如何呢？他又為什麼能寫出此類風格的作品呢？

孟浩然的一生可以說比較簡單平淡，他生活的時代是開元盛世，他的大半生都在隱居和漫遊中度過，和山水鳥蟲結下了緣分。可這不是說他的心境始終沖淡平和只在山水，他的經歷並不是一帆風順，他曾經幾次求仕，都是空懷淩雲的壯志和橫溢的才華而痛遭拒絕，直至命歸黃泉也沒能走上仕途政治之路。這也許是他終生的遺憾。

孟浩然四十歲之前主要是閉門於家，修身養性，苦練文章，灌蔬藝竹。即便如此，他心中也是充滿矛盾的，他在〈書懷貽京邑同好〉詩中清楚地說明了他對於仕途的熱望以及期待朋友們援引的心情。

經過長期的醞釀之後，孟浩然終於在不惑之年向長安進發，走上了科舉求仕之路。他儘管不知等待他的是什麼，卻信心十足。「何當桂枝擢，歸及柳條新。」（〈長安早春〉）春天的一切都是美好的，能給人無限希望，可惜，孟浩然的希望不久就成了失望。他居然名落孫山！

然而，這次科舉考試對孟浩然的打擊還不算太大，他畢竟還有另外一條路可走——等待舉薦。所以他沒有急於踏上歸途，而是在長安停留了一段時期。這期間，他與丞相范陽張九齡、侍御史京兆王維、尚書侍郎河東裴摠、華陽太守鄭倩之等人交往甚密，成為忘年之交。

一次，在一個月朗風清的秋夜，長安的英華名流聚在一起，賦詩賞月，不斷有佳句詠出。輪到孟浩然吟詩的時候，他略微沉思，便脫口而出：「微雲淡河漢，疏雨滴梧桐。」話音未落，舉座皆歎，說不出的清新之氣沁入心脾。其他人羞於將詩作與此妙句相提，竟沒有人在孟浩然之後誦詩了！此後，田園詩人孟浩然在長安的名聲更大，惹得不少名士都想與之相識結交。

孟浩然本打算靠獻賦上書來達到讓皇上賞識的目的，據說他也的確託人獻過賦，可是卻沒有結果。他開始考慮是否應該離開長安再作打算。「十上恥還家，徘徊守歸路。」（〈南

陽北阻雪〉）

事有湊巧，正在他拿不定主意的時候，卻偶然地拜見了玄宗皇帝。一次王維邀請孟浩然來府上做客，兩人談興正濃，忽然有人報：「皇上駕到！」孟浩然此時想離開已經來不及，只好躲在床下。等皇上進來後，王維不願隱瞞，稟告皇上：「詩人孟浩然在此，因嫌自身卑賤，未敢拜見陛下！」唐玄宗是個愛才的人，聽了王維的話，說道：「我聽說過這個人，正想見見他，為什麼要躲起來呢？」孟浩然連忙出來見過玄宗。三人在一起說了一會兒詩文，玄宗問孟浩然是否有新作。孟浩然心想，一不做二不休，就誦讀了一首他向皇上表明心跡的詩。誰知其中「不才明主棄，多病故人疏」一聯，竟惹怒了玄宗，責問道：「你不積極求仕，倒反過來誣說我棄你，哪有這樣的道理？」這樣，孟浩然想靠舉薦走上仕途的夢想也破滅了。

這次失敗給孟浩然的打擊是沉重的，他著實感到長安居來不易，決心回到他原來的生活中去。「寂寂竟何待，朝朝空自歸。欲尋芳草去，惜與故人違。當路誰相假？知音世所稀。隻應守寂寞，還掩故園扉。」（〈留別王維〉）

此後的幾年裡，孟浩然四處漫遊，足跡遍布山林江海。這期間他的作品很多，其中不乏名篇佳句，只是與他求仕之前的作品相比少了明朗，多了迷茫。

這期間，孟浩然也有出仕的機會，只是他的心境落拓蒼涼，已沒有了年輕時的豪氣。當時的採訪使韓朝宗欣賞他的才華，想約他一起入京，將他推薦給朝廷，說定了日期。可誰想到那天孟浩然卻跟人喝了一天酒。別人問他：您與韓公約好的事耽誤了，這樣做不太合適吧？」浩然心中不悅，再加上喝了點酒，越發口不擇言，他向那人喊道：「我喝酒就要喝個痛快，人活著也是要活個痛快，還管別的幹什麼？」終於沒跟韓朝宗一起走，辜負了人家的一片好心。

孟浩然隱居於鹿門山，在襄州襄陽（湖北襄陽縣）東南約三十里。自漢代以來，襄陽一直是名流輩出、高士如林的地方，鹿門山更是始終瀰漫著濃濃的隱逸之風。東漢末年最為著名的隱逸之士龐德公就曾隱居在鹿門山。史書記載，龐德公隱居不仕，躬耕於峴山，與司馬徽、諸葛亮等人相友善，後來和妻子一起登鹿門山採藥，就再也沒回來（意謂夫妻雙雙得道成仙）。這一故事在當地一直廣為傳頌。

孟浩然五十歲上下的時候，在張九齡的荊州幕中被署為從事，也算是走上了政途。但他並沒有議政的樂趣，雖然每天也和一些官府人物交往，可總覺得自己是局外人，始終沒能融入到他們的為人處事方式中去。「始慰蟬鳴柳，俄看雪間梅。四時年籥盡，千里客程催。日下瞻歸翼，沙邊厭曝腮。」（〈荊門上張丞相〉）由此可知，即使身在仕途，他也難捨歸去之意。孟浩然不是一個急功近利的人，他不想為求取功名而不擇手段向上爬，他只是想有所作為，有所建樹，為國家做些事情。孟浩然也不是一個「為隱居而隱居」的實實在在的隱士，他其實是要「以隱求仕」。當他以為「詞賦頗亦工」時，才「中年廢丘壑，上國旅風塵」，以求明達。他是在奮鬥過、追求過、彷徨過之後走上隱逸這條路的。對一個有才華又有報國之心的人來說，這其實是個痛苦的抉擇。

孟浩然終究是個詩人。

以才華征服公主的王維

少年的王維才華橫溢，不但擅長詩歌，而且音樂、繪畫都很精通，這使他能夠很方便地登上仕途。

王維十五歲時，便遠離家鄉，在長安和東都洛陽一帶為仕途而奔走。別看他年紀尚輕，卻多才多藝，能詩擅畫，精通音樂。相傳，王維到長安昭國坊友人庾敬休家中做客時，看見牆上掛了一幅〈按樂圖〉，上面畫了眾多的樂工正在奏樂。王維細看一會兒，便笑著說：「這幅畫上的樂工，正演奏到〈霓裳羽衣曲〉第三疊第一拍。」有好奇的人真招集樂工來演奏檢驗，結果與王維所說的一致，樂工的手指起落、指法毫無差錯。這樣一來，王維很受當時上層社會達官貴人的歡迎。所以，他能經常出入駙馬等權貴之門。

王維雖然經常出入權貴之門，也常受他們的寵待，但他絕不是察言觀色、善於阿諛奉承的小人。在《本事詩》中記載了這樣一件事：寧王李憲奢華荒淫無度，家中養著數十家妓。有一天，他看見一個賣餅人的妻子長得纖弱白皙，楚楚動人，就設法把她霸佔過來。過了一年，他又把該女的丈夫叫來，指著她的丈夫問她：「你還想念他嗎？」這時，賣餅人的妻子看見丈夫，兩行眼淚禁不住順著臉頰淌了下來，看得出她內心十分痛苦。當時，寧王府內有十幾個客人，都是文人，目睹這種情景，沒有一個人不為之感到淒涼的。寧王不以為恥，卻以折磨人為樂，他看到這種情景對文人們說：「你們就以此事為題，各賦詩一首，優者我有重賞！」

王維心裡非常氣憤，略微穩定了一下情緒，沉思片刻，最先寫成：

莫以今時寵，能忘舊日恩。
看花滿眼淚，不共楚王言。

其他文人看到王維這首詩，沒有一個敢繼續賦詩的，都為王維捏把汗。原來，這首詩題目是〈息夫人〉，暗含一個典故。據《左傳》莊公十四年記載：息夫人是春秋時息侯的夫人，楚文王滅息，就把息夫人霸佔了。息夫人到了楚國之後，一直不說話。楚王問她為什麼，她說：「像我這樣，又有什麼可說的呢？」這個賣餅人的妻子與息夫人遭遇相似，王維就巧妙地借用息夫人的故事來詠嘆這件事。表面上委婉含蓄，其實暗含對寧王的不滿。寧王聽後，自覺沒趣，就把這個婦人歸還給那個賣餅人，讓他們團圓。可見，王維是一位正直而且有膽量的優秀詩人。

也許正是因為王維這種剛直不阿的性格，備受岐王李范的看重。開元七年（七一九年）的秋天，許多人都來參加京兆府的府試。唐朝的科舉制度規定，只有在府試中獲取第一名，才能參加科舉考試，因此府試競爭異常激烈。當時，張九齡的弟弟張九皋在長安聲名顯赫，而且也有權勢，早就派人在九公主面前打通關節，請公主寫封信通知京兆府的試官，命考官讓張九皋中府試第一名，去參加科舉考試。

王維在這一年也準備參加府試。王維多才多藝，不願居於人下，卻又苦於無人推薦，於是向岐王敘說了自己的苦衷。岐王聽了他的話後，沉吟了一會兒說：「九公主很尊貴，勢力很強，不可力爭。我替你想個辦法吧！你可從平時作品中挑選出十首，像〈相思〉、〈失題〉這類清靈的詩，譜寫一曲怨切的琵琶新曲，過五天再到我家來。」王維不知岐王葫蘆裡賣的什麼藥，只好按岐王說的準備。

過了五天，王維準備就緒，來到岐王府。岐王這才對他說：「你是一介布衣，怎麼能去拜見公主呢？我倒是有個辦法，不知你能不能按我的計策行事？」王維急忙拱手說：「謹尊王命！」於是，岐王拿出錦繡衣服，鮮華奇異，令王維穿上，懷抱琵琶和伶人一起跟著岐王去九公主的府第。這時，王維才明白真正用意。

到了公主府前，岐王首先進去說：「承蒙貴公主接待，我特地攜帶酒樂，請公主降尊入席。」說著命僕人立刻擺上酒宴，隨後伶人們也陸續進來。王維當時才十九歲，正當青春年少，氣質非凡，站在伶人中，光彩奪人。公主看見他，問岐王：「這是誰啊？」岐王滿不在乎地說：「一個樂工。」於是，公主就把他單獨叫出來，彈奏一曲。

王維來到近前，向公主見禮後，就彈奏起來，曲聲哀切，如泣如訴，滿座動容。公主詢問道：「這是什麼曲子呀？」王維起身說：「〈郁輪袍〉。」公主大為驚奇，岐王乘機說：「這個人不僅熟悉音樂，而且也擅長詩文。」公主更加奇怪了，便說：「你帶來什麼文章嗎？叫我看看！」王維就從懷中掏出詩卷遞給公主。公主接過來一看，大吃一驚，說：「我平時經常吟誦這些詩，還以為是古人的佳作，沒想到原來是你寫的。」因而命王維換去樂工的衣服，加入宴席。

王維風流蘊藉，語言詼諧，在宴會上神采飛揚，頓時使滿室生輝。在場的王公貴族都用欽佩的目光注視著王維。岐王看到時機成熟，就長嘆一聲，喧嘩的聲音一下子停下來。大家莫名其妙地看著岐王。公主問道：「岐王，為何突然悲傷起來？」岐王說：「這人才華出眾，可惜不能報效朝廷。」公主接著說：「為什麼不讓他應舉呢？」岐王說：「此生沒人推薦，不能就試。可惜公主已推薦張九皋了。」公主笑著說：「這有什麼關係！推薦張九皋，本來是他人拜託請求的。」又轉回頭對王維說：「你果真想錄取第一名？我一定努力幫助你！」王維聽後，起身謙遜地致謝。

王維終於以其才華征服了公主，改變了自己的命運，在府試中順利通過，獲得頭名，進而一舉中進士，步入仕途。

旗亭畫壁：展示盛唐繁榮

在盛唐時代，詩人的絕句用於歌唱已成為一種時尚。詩人王之渙、王昌齡、高適每有新作，往往被樂工索去，譜成樂曲，廣為傳唱。傳說在開元年間，唐代的這三位著名詩人有旗亭畫壁「比詩」的故事。

王之渙生於垂拱四年（六八八年），他「幼小聰明，秀髮穎悟，未及壯年，已窮經籍之奧」，被譽為「神童」。成年以後，名氣更大，在冀州衡水縣做了一個小官。後因父母相繼去世，心情愁悶，又被人誣告，一氣之下，拂袖辭官，漫遊高山大川。

開元年間，王之渙漫遊長安，與「七絕聖手」王昌齡、邊塞詩人高適相識。當時，三人還都沒有得到朝廷重用，處於風塵奔波之中。相同的經歷，使三人一見如故，以詩為媒，暢談胸懷，結下了深厚的友誼。

據《集異記》中載，三人經常在一起飲酒論詩。這一天，天下著小雪，颳著北風，雪花隨風漫天飛舞。王之渙、王昌齡、高適三人結伴來到旗亭酒樓，一邊小飲，一邊談論詩歌。正在酒酣情暢之際，他們看見十幾個宮廷梨園弟子向酒樓走來。梨園弟子就是專門為皇帝表演歌舞的宮廷戲曲藝人，她們各個身懷絕技，容貌俊美。三人離開座席，圍著火爐佯裝取暖，藏在屏壁後面。很快樓下傳來一陣清脆的佩玉之聲，四位妙齡梨園弟子走上樓來。她們濃妝淡抹，步履輕盈，猶如下凡的仙女一般。

在酒樓上，梨園弟子演奏起樂曲。只聽那樂曲和諧悠揚，婉轉動聽，有時如清風拂過，有時如雪花飄灑，有時如花下鶯啼般流利輕快，有時如玉珠落盤清脆……梨園弟子演奏的都是當時有名的曲子，酒樓裡的人都為之吸引。見到此情此景，王昌齡突發奇想，對王之渙、高適二人說：「我們三人各負詩名已久，不能自定高低等級。今天，我們可以偷聽伶官們所唱的歌，如果詩作入樂多的，就為優勝者。」二人點頭表示同意。

王昌齡話音剛落，歌聲已起，只聽一位梨園弟子悠揚的歌聲飄到耳畔：

寒雨連天夜入吳，平明送客楚山孤。
洛陽親友如相問，一片冰心在玉壺。

這首〈芙蓉樓送辛漸〉是王昌齡與友人辛漸離別時所作。詩中描寫迷濛的煙雨籠罩著吳地江天，蕭瑟的江風，吹著帶有深秋寒意的雨絲，頃刻間整個江面籠罩在一片蕭瑟的雨幕中。清晨，寒雨已停，但見楚山孤立，朋友就要繞過楚山，向更遠的洛陽而去。如果洛陽的朋友問起我，可以告訴他們我任何時候都是表裡澄清、光明磊落的。

梨園弟子深情地唱出依依惜別之情，也將聽者帶入清空明澈的意境中。王昌齡一聽是自己的得意之作，便說：「我的一首絕句。」隨之在牆壁上畫了一下。這位梨園弟子剛剛唱罷，另一位接著唱道：

開篋淚沾臆，見君前日書。
夜台空寂寞，猶是子雲君。

這是高適的古體詩〈哭單父梁九少府〉中的前四句。詩中敘說了一位女人無意之中打開書箱，看到故去的丈夫遺留下的書信，淚水禁不住流下來打濕了衣襟，引發婦人無限哀怨。高適聽見是自己的詩作，伸手在牆壁上一畫說：「這是我的詩。」臉上掛著笑容。二人現已各有一首，心裡暗自高興。王之渙依然神情泰然，而且還略帶笑容，暗想：「別著急，我的詩名絕不低於你們。」這時，一個哀怨淒涼的聲音徐徐而起：

奉帚平明金殿開，且將團扇共徘徊。
玉顏不及寒鴉色，猶帶昭陽日影來。

王昌齡一聽又是自己的一首宮怨詩〈長信秋詞〉之一，心中特別高興，隨手在牆上又畫了一下。這首詩借漢代班婕妤失寵暗喻宮女的苦悶生活和幽怨惆悵。班婕妤是漢成帝的一位嬪妃，最初很得寵愛。後來，漢成帝又寵幸趙飛燕、趙合德姊妹。班氏擔心自己被害，就主動請求幽居長信宮，侍候太后。相傳她做了一首〈怨歌行〉，以秋扇被拋比喻君恩斷絕。全詩不著一「怨」字，而字字含怨，手法高超。王昌齡的詩入樂已有兩首，他得意地望著王之渙。

王之渙自信自己已久負盛名，於是胸有成竹地對二位同伴說：「這些人都是潦倒的樂官，所唱的盡是粗俗巴人之詞，像陽春白雪那樣高雅之詞，她們哪裡配唱呢？」說著用手一指最後一位梨園弟子。只見最後一位梨園弟子高綰髮鬟，輕盈俊俏，氣質不俗，的確有過人之處。王之渙繼續說道：「如果那個伶官所唱的不是我的詩，我從此以後再也不與你們爭雄。如果是我的詩，那麼你們必須拜倒在我床下，尊奉我為師。」王之渙說完，三個人含笑等待著。只見那最後一位梨園弟子徐徐站起，清清嗓子，高聲唱道：

黃河遠上白雲間，一片孤城萬仞山。
羌笛何須怨楊柳，春風不度玉門關。

這首詩果然是王之渙邊塞詩〈涼州詞二首〉之一。〈涼州詞〉以豪邁高遠的吟唱，領我們進入了西北風光。幅員遼闊的高原上，雄偉的黃河從天際奔騰而來，遠遠望過去，好像一條絲帶迤邐飛上白雲。與遼闊的原野相稱的是矗立的高山，群山環抱著一片孤城，相形之下，越見山勢巍峨雄壯，組成一幅雄偉蒼涼的圖畫。思念親人的將士吹奏起〈折楊柳〉曲子，笛聲十分哀怨，好像在敘說造物主待遇不公平。要知道這裡是春風吹不到的地方。濃郁的思鄉之情，使人們心弦為之撥動。

伶官剛唱完，三人哈哈大笑。眾位梨園弟子不知其故，走過來說道：「不知諸位客官為什麼這麼歡暢？」王昌齡就把他們畫壁比詩一事告訴了她們。聽後，眾位梨園弟子爭拜道：

「俗眼不識泰山，請各位降低清高之身，加入我們的酒宴，怎麼樣？」三位本是爽快之人，欣然接受了她們的邀請。三位詩人與梨園弟子一起談談唱唱，不知不覺之間已是日落西山，三人大醉而歸。

在王之渙、王昌齡、高適生活的時代，音樂、舞蹈、繪畫、雕塑等各項藝術都空前繁榮。在各種藝術中，音樂與詩歌關係極為密切，猶如一對孿生的姐妹，人們曾有「唐絕句定為歌曲」的說法。可見，唐詩入樂者頗多。詩歌被譜成音樂後，在酒肆茶亭廣為傳唱。許多優秀詩歌作品都是從這個渠道流傳下來的。而在此過程中，那些伶官藝人功不可沒。如果沒有他們，許多文學作品很難在人民群眾中普及，唐詩的繁榮也會大打折扣。

旗亭畫壁的故事，讓我們感受到了盛唐時期詩歌與音樂的繁榮，也讓我們看到盛唐詩人不拘小節、洋洋灑灑的精神面貌。

唐代的日本詩人晁衡

晁衡（七〇一－七七〇年），日本人，原名阿倍仲麻呂，到唐後取漢名為晁衡，字仲滿。他自幼聰慧過人，喜好讀書。日本元明天皇靈龜二年，即唐開元四年（七一六年）被選為遣唐留學生，時年僅十六歲。次年三月，他與吉備真備、僧玄昉、大和長岡等人以及醫師、樂工、各行的工匠，一行五百多人，隨著第九次遣唐使多治比真人乘船，橫穿日本海、東海來到中國。到中國之後暫住在明州（今浙江寧波市南）。晁衡初次離開祖國，來到異國他鄉，思念之情油然而生，便寫下了〈望鄉詩〉以寄深情：

翹首望長天，神馳奈良邊。
三笠山頂上，想又皎月圓。

晁衡等人到了長安以後，玄宗下詔讓專人在鴻臚寺（掌管朝廷禮儀的機構）教他們學習漢學，後來又讓他們進入國子監繼續深造，與唐人共同學習。晁衡學習刻苦，成績優異。學成後在京兆尹崔日知的推薦下，被唐玄宗任用。先是做司經局校書，後歷任左拾遺、右補闕、儀王友等職。晁衡在朝為官，「遊宦雖貴，心不忘歸，每言鄉國，心魂斷絕」。開元二十一年（七三三年）的冬天，日本第十次遣唐使多治比廣成即將回國。此時晁衡在唐朝已待了十七年，吉備真備等人將朝廷的賞賜都購買了書籍，跟著回國。晁衡也向朝廷請求回國探望雙親，但因其學識淵博，才能突出，深得玄宗喜愛，朝廷不同意他回國。晁衡望著即將歸國的遣唐使隊伍，無限感慨，當即作詩一首：

慕義名空在，輸忠孝不全。
報恩無有日，歸國定何年！

晁衡對祖國無限眷戀，為了將來能夠返回日本，他一直不肯結婚。玄宗對他特別看重，一再加以提拔，到他被允許回國時，已升為了祕書監兼衛尉卿（掌管軍隊裝備機構的官）

了。在唐朝為官這些年來，他羨慕中國，潛心研習唐代文化，對漢學有了很深的造詣。在與唐代詩人不斷交往中，他與李白、王維、趙驊、儲光羲、包佶等人結成了深厚的友誼，經常互贈詩篇。

天寶十一年（七五二年），日本第十一次遣唐使藤原清河，副使大伴古麻呂、吉備真備等人來到長安。玄宗命晁衡迎接，並親自接見了眾使。玄宗稱讚說：「聞彼國有賢君，今觀使者趨揖有異，乃號日本為『禮儀君子國』。」與舊友重逢，再次勾起了晁衡的思鄉之情。他趁著玄宗高興，請求回國。玄宗不好意思再加阻攔，但實在是難捨此才，便讓他以唐朝的使臣身份回國探親。為此，玄宗還寫了一首送別詩贈與晁衡眾人：

日丁非殊俗，天中嘉會朝。
仿余懷義遠，矜爾畏途遙。
漲海寬秋月，歸帆快夕飆。
因驚彼君子，王化遠昭昭。

聽到晁衡即將回國的消息後，王維、趙驊、包佶紛紛趕來為他餞別。在長安城內的一家酒樓上，數人暢談多年以來親密無間的交往，千頭萬緒，彼此間有些黯然神傷了。晁衡想到自己在長安學業已三十餘載，此間得到了朝廷的重用和朋友們的真誠相助，自己已兩鬢斑白，臨來中國前父母的叮囑仍在耳邊迴盪，思鄉之情不禁倍增，但不能忘卻彼此間的友誼，晁衡強打精神，寫下了〈銜命使本國〉：

銜命將辭國，非才忝侍臣。
天中戀明主，海外憶慈親。
伏奏違金闕，騑驂去玉津。
蓬萊鄉路遠，若木故園林。
西望懷恩日，東歸感義辰。
平生一寶劍，留贈結友人。

晁衡的詩音律和諧，對仗工整，體現了高度的中國文化修養。詩中將他戀唐憶親及臨別酬友的複雜思想感情表現得淋漓盡致。大家看後，無不讚嘆。王維當即寫下了〈送祕書晁衡監還日本國〉：

積水不可極，安知滄海東。
九州何處遠，萬里若乘空。
向國惟看日，歸帆但信風。
鰲身映天黑，魚眼射波紅。
鄉樹扶桑外，主人孤島中。
別離方異域，音信若為通。

接著趙驊寫下了〈送晁補闕歸日本國〉，包佶寫下了〈送日本國聘賀使晁巨卿東歸〉。三人的詩中處處滲透著中日友好的感情，讚揚了晁衡並表達了對其依依惜別的深情。晁衡聽著友人們的吟誦，深深地為他們真摯的情誼所感動，不禁淚水奪眶而出。

天寶十二年（七五三年）十月十五日，晁衡跟隨第十一次遣唐使踏上了歸國的道路。他們從長安出發，專程到了揚州，邀請鑑真和尚東渡日本傳播佛教，鑑真欣然同意。他們分乘四艘大船，從蘇州出發，直駛日本。天有不測風雲，當船隊駛到琉球（今台灣）時，遇上了大風，晁衡所乘船與其他船隻相失，被風吹回了安南（今越南一帶）。晁衡九死一生，由陸路返回長安，此時已是天寶十四年（七七五年）了。

李白與晁衡在長安時情誼很深。晁衡歸國時李白正在江南，因而未去送別。當他聽人說晁衡返國途中遇風溺水而死時，不禁失聲痛哭，當即寫下了一首悼念晁衡的詩〈哭晁卿衡〉：

日本晁卿辭帝都，征帆一片繞蓬壺。
明月不歸沉碧海，白雲愁色滿蒼梧。

玄宗見晁衡又回到長安，非常高興。但不久，安史之亂爆發，玄宗被迫退位，肅宗李亨即位。肅宗對晁衡仍十分信任，任命他做左散騎常使、鎮南都護等職。直到唐代宗大曆五年（七七〇年）晁衡病死於長安，享年七十歲。代宗追贈他為潞州大都督。

晁衡是日本在中國的著名詩人，他將自己的一生都奉獻給了中國，歷經玄宗、肅宗、代宗三朝，這在中日交往史上是絕無僅有的。可惜他的著作未能全部留傳於世，只留下了詩篇，他的詩篇顯示出卓越的漢學造詣，即使是在盛唐詩林中也是毫不遜色的。晁衡與唐代詩人的交往，顯示了中日兩國人民的深厚友誼，為後世樹立了典範。

隱者與和尚：寒山與拾得

七一〇年左右，正值大唐帝國繁榮昌盛時期。在長安近郊的咸陽，一個中國歷史上富於傳奇色彩的人物，出生在半耕半讀之家，他就是後人所稱的「寒山」。寒山與他的好友拾得，後來被清雍正皇帝親封為「和合二聖」。

寒山的童年、少年和青年時期正處於開元盛世。和許多年輕人一樣，他愛好舞槍弄劍，經常馳騁於平陵。

寒山也非常熱衷於功名，三番五次應舉。可惜的是儘管博覽經史，文武兼修，到頭卻是屢屢受挫，過著貧窮潦倒的生活。「囊裡無青蚨，篋中有黃絹。行到食店前，不敢暫回面」（〈箇是〉），正是他當時生活情況的真實寫照。

俗語說：「窮在鬧市無人問，富在深山有遠親。」本來鄉鄰都誇他有才華，兄長、妻子也都寄予厚望，可是他連年考場失利，家境已相當貧寒。兄長、鄉鄰開始與他疏遠，甚至連自己的結髮妻子也開始怨他無能，這一切使他對人世生活感到絕望。於是他看破紅塵離家出走，決定遠離塵世，到大自然中去。

雖然寄身於山水之中。然而，他卻未能忘情於故鄉、家人及其親友，時時懷念他們。這期間，也許是塵緣難捨，使他動搖了去山中歸隱的決心，尤其是妻子的影子總是在眼前晃來晃去，於是他又回到家中。然而，回家的情形卻使他徹底傷心，「卻歸舊來巢，妻子不相識」。經過這樣一番磨鍊，寒山決心徹底歸隱山林。

經過反覆斟酌，寒山最後選擇天台山作為隱居的處所。天台山風景秀麗，人跡罕至，寒山以寒巖洞內為永久安身之處。另外，寒山在此隱居還有一個重要原因：天台山是一個宗教氛圍很濃的地方，歷史上有名的桐柏觀、福聖觀都在這裡，當時的國清寺是重要的佛寺，寒山在這裡可參禪悟道。從此，寒山無拘無束自由自在地生活，也不為功名利祿而奔波，再也不會遭到冷眼和責難，心靈在青山綠水中得到休息和安慰。

寒山在天台山隱居，常獨自遊戲於山水之間，自言自語，「仙書一兩卷，樹下讀喃喃」。看詩中所描寫的生活，哪裡有半點凡人俗氣，完全是神仙過的日子。由此，可想象出詩人在青山綠水間與花鳥為伴的快樂生活。

天台山的山山水水不但給寒山帶來無限快樂，而且寒山在天台山的國清寺還遇到一位知己——拾得。

拾得本是一個孤兒，是被國清寺的豐干禪師從道旁拾來的，因此取名「拾得」。拾得被豐干禪師帶到國清寺中一直為僧，從此不再為衣食而奔波，倒也安然。

然而好景不長，相傳拾得有一次在打掃完佛像後，就在佛像下睡著了，做了一個夢，夢見自己得到佛祖的點化，要苦渡成佛。於是醒後，就變得瘋瘋癲癲，或叫噪凌人，或望空謾罵。寺中的僧人都以為他瘋了，要趕他出去。然而豐干禪師念他是孤兒，就留他在寺中為僧，砍柴、挑水，乾些粗活。

寒山經常到國清寺與豐干禪師談禪。談禪之時，拾得站在一旁靜聽。時間久了，拾得非常佩服寒山的才華，經常將寺中僧人吃剩下的飯菜藏在巨竹筒內，偷藏在寺內。如果寒山來了，就偷偷交給他，這樣也解決了寒山的飲食難題。後人念及三人的情意，合稱寒山、拾得、豐干三人為「天台三聖」。

寒山與拾得二人在天台山的山水之中，參禪悟道，互唱互和，活至百歲。至於二人何時離開人世，人們一無所知，但他二人的名字卻是家喻戶曉。二十世紀五六十年代，寒山的名字飛渡到太平洋彼岸，成為美國「披頭士」的理想英雄。

邊塞詩人高適寫〈燕歌行〉

高適是唐代傑出的邊塞詩人，作於開元二十六年（七三八年）的〈燕歌行〉是他最傑出的詩作，也是整個盛唐邊塞詩中被人千古傳誦的名篇。

高適出生在唐武則天久視元年，正是唐朝逐漸繁榮的時代。然而，高適家境非常貧寒，有時甚至過著「求丐取給」的生活。然而，高適是有心志之人，即使在這樣的困苦環境中，仍然孜孜不倦地讀書，勤習武藝，終於學成了一身本領。

唐玄宗開元年間是邊疆多事之秋。西南的吐蕃，東北的奚、契丹、突厥等族戰事頻起。開元十八年（七三〇年），東北契丹將領可突於殺其王李邵固，率領國人及奚人共降突厥，並頻繁入侵大唐邊境，東北戰事爆發。唐玄宗派在和吐蕃作戰取勝的信安王李禕率領裴耀卿、趙含章分路出擊。高適認為等待許久的建功立業的機會終於來了，他於開元二十年

（七三二年）奔赴薊州，打算從軍邊塞，為國效力。

高適「單車入燕趙」，開始了他第一次邊塞生涯。他希望和許多唐代仕人一樣，通過加入幕府而獲得升遷的機會，於是寫了〈信安王幕府詩〉寄給信安王。詩中談了自己對戰爭的看法和投身邊塞的熱情。然而，詩寄出後，如石沉大海，杳無音信，使高適大失所望。他只好在開元二十一年（七三三年）冬天離開邊塞。

此次邊塞之行，雖然沒有給高適的仕途帶來好運，但他有機會品嘗了邊塞戰士生活的艱苦並目睹了邊塞各種複雜的社會矛盾。因此，高適更加關注邊塞形勢了。

開元二十六年（七三八年），高適從長安應舉落第，回到宋中。碰巧，他的好友暢判官從邊塞回來。談話之間，暢判官將自己思戍征事作的一首〈燕歌行〉請高適指教。高適讀後，不禁想起八年前出塞時目睹的邊塞生活和慘壯的戰鬥情景，心情激越，便就〈燕歌行〉這個題目和了一首詩。

高適的〈燕歌行〉譴責了在皇帝鼓勵下的將領驕傲輕敵，荒淫失職，造成戰鬥失敗，使廣大士兵飽受戰爭的痛苦。士卒們懷抱愛國之心從軍邊塞，不但在邊塞過著極其艱苦的生活，而且忍受著拋妻別子的痛苦，而那些身受皇恩的將帥，不但不能體恤、關懷士卒，而且還縱情於酒色。將帥為了向皇上邀功請賞，隨意挑起事端，拿士卒的生命當做兒戲。正像詩中所寫的那樣，「戰士軍前半死生，美人帳下猶歌舞」。士卒們在戰場奮力拼殺，不顧生死，已經死傷過半，而那些領兵的將帥卻在帳中盡情享樂；戰士手持戰刀，將帥手把酒杯；戰士怒視敵人，將帥眼看美人；一邊是喊殺震天，一邊是輕歌曼舞；一邊是刀光劍影，一邊是美人團扇……兩種鮮明的對比，兩種不同的生活境況，深刻地揭示了邊關將帥的腐化生活和士卒的悲慘遭遇，讓人們看到了當時兵將苦樂不均的現象。

詩中不但思想內容深刻，而且還描繪了邊塞極度荒涼的景色。漢將與單于對峙的狼山，「絕域蒼茫」，光禿禿的，極度荒涼。兩軍在這裡展開了生死搏鬥。戰鬥失去了將帥的指揮，焉有不敗之理。大漠深秋，枯黃的塞草在晚風中瑟瑟抖動，一抹殘陽消失在遠處的孤城中。身受朝廷之恩的邊將由於驕逸輕敵，在敵人的猛烈攻擊下無力還擊；被打得稀稀落落的士兵，儘管拼盡了最後的力氣，也未能衝出重圍。當初那豪氣「橫行」的影子早已消失，所剩的只是大漠窮秋，孤城落日。詩中對塞外大漠的環境渲染，有力地烘託了戰場上「力盡勢孤「鬥兵稀」的悲壯氣氛，對「身當恩遇常輕敵」的邊帥提出了強烈的控訴。

在詩文中，詩人還從沙場的白刃格鬥宕開一筆，寫了長安少婦和戍卒的兩地相望，相見無期的情景：「少婦城南欲斷腸，征人薊北空回首。」想到離別後，妻子痛哭流涕的樣子，征人心中無限惆悵。這樣使詩歌的意境顯得更加深沉，時空感更加恢弘，既有大氣包舉之勢，又催人淚下。

詩人還以概述的手法描寫邊塞士卒單調的艱苦生活。白天看的是「殺氣三時作陣雲」；夜間聽到的是「寒夜一聲傳刁斗」。在最後詩人不禁感嘆道：「君不見沙場征戰苦，至今猶憶李將軍。」詩人在此追憶八百年前處處愛護士卒的李廣，意義尤為深遠，暗含對當今那些昏庸無能將帥的諷刺。以此結束全篇，意境顯得更加雄渾而深遠。

高適的〈燕歌行〉被後人稱為高適的「第一大篇」。不但如此，它在整個盛唐邊塞詩中也是鮮有匹配的名篇。

詩史中的「雙子星座」

在唐代詩壇上，有兩位最傑出的詩人：李白與杜甫。他們被稱作詩史中的「雙子星座」。他們一個豪放浪漫，一個沉鬱現實；前者詩文意氣昂揚，故梟梟上升，飛入雲霄，似野鶴閒雲，隨風飄逸；後者詩文沉鬱敦厚，故沉沉下墜，潛入心海，感慨激盪，迴旋紆折。加之兩人深厚的友情，他們如同天空中兩顆璀璨的明星，光耀生輝，流傳後世，為人稱頌。

浪漫與現實是兩種截然不同的創作風格，如雙峰對峙，各有特色，不可替代。

李白（七〇一—七六二年）是盛唐詩壇的泰斗，在這位偉大的浪漫主義詩人的詩作中，浪漫主義精神和浪漫主義的表現手法達到了高度的統一。

李白生活的時期，是唐朝在經濟、政治、軍事和文化等方面都發展到了空前繁榮的時期。因此，李白的詩文，有許多是讚美祖國壯麗的山河、歌頌建功立業的理想，表現的是盛唐文化薰陶之下的理想主義、英雄主義的浪漫精神。但在大繁榮的背後，社會矛盾開始激化，統治階級日益腐化荒淫，政治也越來越黑暗。這種社會狀況使李白的中後期詩文包含了豐富的社會內容。李白中後期的詩作，多以抒情的方式，揭露封建社會壓抑人才的黑暗現實，表現了對勞動人民疾苦的關心。在他的詩中，兩種內容都得到了充分的表現。如〈大鵬賦〉、〈明堂賦〉、〈大獵賦〉等表現出李唐王朝蒸蒸日上的蓬勃景象；〈行路難〉、〈翰林讀書言懷〉、〈古風〉等用浪漫的創作手法，表現出詩人鬱鬱不得志、受小人排斥的苦悶心情；〈丁都護歌〉等則表現下層勞動人民的生活。

〈夢遊天姥吟留別〉充滿了浪漫主義精神。全詩以「夢遊」的形式，描繪了一個千變萬化、與汙濁現實相對立的奇異美妙的神仙世界。浩蕩無際的天空，太陽照耀著黃金白銀建成的宮闕。用霓虹做衣，以飄風為馬，用猛虎鼓瑟，鸞鳳駕車的各種神仙，飄忽而降。這種幻想的超現實情節，深刻地表現了李白要求擺脫黑暗現實束縛的鬥爭精神。而且這種鬥爭精神又與他那種傲岸不羈、蔑視權貴的思想緊密聯繫在一起。結尾處寫夢醒後的思想活動，除卻表現了詩人想逃避現實的消極因素之外，更包含著他絕不與黑暗現實妥協、絕不與權貴同流合汙的可貴品質。

總之，李白的詩文，充滿了奇特的想象，大膽的誇張，是浪漫主義的典範。

杜甫（七一二—七七〇年）是我國文學史上偉大的現實主義詩人。他的詩極具豐富的社會內容、鮮明的時代色彩與強烈的政治傾向，並且充滿著熱愛祖國、熱愛人民，不惜犧牲自我的崇高精神。

杜甫終生關切人民，只要一息尚存，總希望國泰民安，看到人民過點好日子：「尚思未朽骨，復睹耕桑民。」（〈別蔡十四著作〉）在「三吏」、「三別」、「羌村三首」等詩中，杜甫不僅反映了人民的痛楚，也大膽深刻地批評了現實的弊端，表達了下層人民的思想感情與要求。「安得廣廈千萬間，大庇天下寒士俱歡顏」，多年飢寒的體驗，使杜甫加深了對人民的同情，有時甚至忘卻了自己。當自己居住的茅屋為疾風所破時，他寧願「凍死」來換取天下窮苦人民的溫暖。

杜詩滲透著愛國熱忱。如〈聞官軍收河南河北〉、〈春望〉、〈麗人行〉等。即使是一些寫景、詠物之作，也無不滲透著人民的思想感情和無私精神，如〈春夜喜雨〉、〈月夜〉等。

杜詩通過鮮明的藝術形象高度概括了當時的社會生活面貌，概括性與形象性達到完美的統一。「朱門酒肉臭，路有凍死骨」，僅僅十個字，就概括出了封建社會階級剝削的赤裸裸的現實，且有強烈的議論性，形象鮮明，對比強烈，撼動人心的思想力量包蘊在動人的藝術形象中。

李白與杜甫是浪漫主義與現實主義的偉大代表。李、杜的詩歌把浪漫主義與現實主義推向了一個新的更高、更成熟的階段。

都說「文人相輕」，但李、杜之間的友情如他們的詩歌一樣，為後人所稱道。

天寶三年（七四三年），李白「賜金還山」來到洛陽，三十三歲的杜甫正在洛陽姑父家中寓居。聞聽此事，杜甫鼓起勇氣，去拜會名震天下的狂客李白。

初次見面，李、杜兩人就有似曾相識、心心相通之感。一見如故，情真意切，不忍分離。於是，他們攜手同遊梁園。在開封又遇青年詩人高適。三人看到殘宮剩闕，慷慨懷古，藉飲酒吟歌，抒發各自的情感，排遣心中的憂思。分手以後，李白和杜甫又在魯郡（今曲阜）相會。

天寶四年秋，李、杜兩人在山東曲阜相聚，並拜訪了范十。范十也曾當過小官，因為厭煩官場生活，嚮往大自然中悠然自得的田園生活，便辭官歸隱。李白與杜甫費了一番周折，叩開了隱士的大門。他們三人吃著新鮮蔬菜和山果，盡情乾杯，談論天下奇聞軼事，高興之時就吟詩高歌。三人歡聚十來日，互相告別。杜甫〈與李十二白同尋范十隱居〉就寫出了他與李白的交遊情景及深厚友情：「余亦東蒙客，憐君如弟兄。醉眠秋共被，攜手日同行。

……不願論簪笏，悠悠滄海情。」李白的〈魯郡東石門送杜二甫〉，也表達了兩人相處的深厚感情。

此次別離，兩人以後再未曾相見。但他們的心是相連的，都在想念摯友和相聚時那歡快的情景。如李白的〈沙丘城下寄杜甫〉，杜甫的〈不見〉。李白最困難時，杜甫為李白鳴不平，給李白安慰和支持：「不見李生久，佯狂殊可哀。世人皆欲殺，吾意獨憐才。敏捷詩千首，飄零酒一杯。匡山讀書處，頭白好歸來。」兩人雖然不能見面，但都在想念對方，給對方大力的支持。

公元七六二年十一月，六十二歲的李白病死於安徽當塗。八年後，杜甫也在窮困中死去。

李、杜兩位偉大詩人，不僅以他們無與倫比的創作，達到了中國詩歌創作的浪漫主義和現實主義的新高峰，還給人類留下了無價的文學財富，他們純真的友誼、坦蕩的胸懷成為後人學習的榜樣。

繁星閃爍的夜空，有兩顆耀眼的星座，相互注視，相互關懷，永世不變。

千古詩仙，太白傳奇

李白是中國詩歌史上最浪漫飄逸的詩人之一，他在詩中塑造的形象以及流傳下來的關於他的各種各樣的傳說使他在人們心目中從「人」轉變為「仙」。一千多年以來，他被人們稱頌為「謫仙」、「詩仙」。

李白生活在富庶安定的盛唐時期，當時的社會環境培養了青年人對事業前途強烈追求的願望。李白一生最大、最主要、為他長期所追求且始終不渝的志向只有一個，就是輔佐皇帝，治理天下，幹一番大事：「申管、晏之談，謀帝王之術。奮其智能，願為輔弼。」李白非常自負，他常常以大鵬良驥自況，作有〈大鵬賦〉，他在詩中也說：「大鵬一日因風起，扶搖直上九萬里，假令風歇時下來，猶能簸卻滄溟水。」

但是，李白的偉大志向還有其與眾不同之處，帶有自己極其鮮明的特色。「近者逸人李白，自峨眉而來。而其天為容，道為貌，不屈己，不干人，巢、由以來，一人而已。」李白是企圖將積極入世的政治抱負和消極出世的老莊思想、隱逸態度結合起來，由隱而仕而終歸於隱，以退為進而急流勇退。李白二十六歲時，為了實現他的政治理想，「仗劍去國，辭親遠游」。他的漫遊有恣情快意的一面，但也有他的政治目的。他沒有也不屑於參加科舉考試，因為這和他的「不屈己，不干人」的性格以及「一鳴驚人，一飛沖天」的宏願都不相符合。因此，在漫遊中，他有時採取類似縱橫家遊說的方式，希望憑自己的文章才華得到知名人物的青睞，如向韓朝宗上書；有時則又沿著當時已成風氣的那條「終南捷徑」，希望通過隱居學道來樹立聲譽，直上青雲。他嘗自言「隱不絕俗」，說出了隱居以求仕的目的。

李白三十歲前後的漫遊時期，詩歌風格已經完全成熟了。他的創作充滿著對於理想追求的浪漫豪放特色，其具體的表現就是對於任俠和求仙的嚮往與讚頌。任俠表現了一種對於自由快意的生活的追求和對於一些不合理現象的反抗；求仙，就其積極方面的意義說，表現了一種對於現實生活的蔑視，要求在精神上解放自己。李白在江陵時遇到隱士司馬承禎，司馬承禎曾說他有「仙風道骨」。他又和道教中人胡崇陽、元丹丘等人來往過。他的詩集中也有許多關於遊仙學道的詩，如「堯舜之事不足驚，自餘囂囂直可輕。巨鰲莫載三山去，我欲蓬萊頂上行。」表現了一種對於高度自由的追求，一種要求解放自己的情緒，因此，他倜儻不羈，蔑視一切束縛人的既定的社會秩序。

李白在漫長的漫遊生活中，以其傑出的「詩文創作」名播海內。七四二年，在道士吳筠的推薦下，唐玄宗召他入京。「願為輔弼」是李白一向的抱負，與皇帝見面的機會到了，他自然很高興，以為以後就可以順利地施展自己的才能了：「仰天大笑出門去，我輩豈是蓬蒿人！」揚揚得意之情溢於言表。到了長安，受到玄宗隆重接待：「皇祖下詔，徵就金馬。降輦步迎，如見綺皓。以七寶床賜食，御手調羹以飯之……置於金鑾殿，出入翰林中。問以國政，潛草詔詔，人無知者。」（〈草堂集序〉）說明當時李白確受玄宗信任，自己也覺得鵬程無限。「待我盡節報明主，然後相攜臥白雲」，他已想到功業可就：「儘節報明主」，然後功成身退：「相攜臥白雲」，表明他堅信可以實現自己的理想了。

天寶二年（七四三年）秋天，由於他遭讒言毀謗，思想發生了很大變化。李白在〈玉壺吟〉中對佞臣進讒表示了憤慨：「君王雖愛娥眉好，無奈宮中妒殺人。」而唐玄宗只是把他當做御用文人看待，讓他寫作一些華麗的點綴昇平的新詞，增加宮廷生活的樂趣而已。李白在繁華的長安找到了一些談得來的朋友，一起飲酒酣歌，寄託他的狂傲與憤懣。

在長安三年，李白對中央統治集團的腐化和罪惡，有了較清楚的認識。李白的傲岸態度顯然不見容於上層社會。他曾經在皇帝筵前吃醉了酒，抬起腳讓皇帝的近侍和心腹高力士脫靴，引起了高力士的忌恨。據說楊貴妃很喜歡李白的〈清平調〉，高力士進讒言說：「李白用趙飛燕來比您，太看不起您了。」於是楊貴妃也就恨起李白來了。李白在長安實在住不下去了，只好離開了。

李白自從七四四年離開長安，以後十年又是在各地漫遊中度過的。這時描述求仙的詩則較多了起來。他把自己對於自由解放的要求，對合理世界的憧憬和遊仙的想象結合起來，寄託了自己的傲岸不群和對現實不滿的情緒。詩人不禁高呼：「安能摧眉折腰事權貴，使我不得開心顏！」詩人並不能找到另外的出路，只能把自己寄託於天姥夢境。〈古風〉十九更典型地說明了詩人遊仙和「入世」的矛盾。詩人已經登上了雲台，然而「俯視洛陽川，茫茫走胡兵，流血塗野草，豺狼儘冠纓」。他對祖國命運的關懷和對人民的熱愛，是多麼的深刻和執著啊！一個天上，一個人間；一個理想，一個現實，兩者構成了鮮明的對照。

這時，安史之亂已經爆發，永王李璘三次徵召李白，李白認為這是報效祖國、「兼濟天下」的好機會，參加了永王幕府。但是李白的愛國熱誠和建功立業的理想不久就被皇室內部的鬥爭所粉碎，李璘被肅宗出兵消滅，李白也獲罪潯陽。第二年流放夜郎，行至巫山遇赦放還。〈早發白帝城〉表現了他喜悅暢快的心情：「朝辭白帝彩雲間，千里江陵一日還，兩岸猿聲啼不住，輕舟已過萬重山。」

遇赦後，李白相信朝廷還會徵召自己，對實現自己的理想仍然抱有信心。肅宗上元二年（七六一年），李白暮年從軍，不幸半途生病，次年病逝於當塗。「天奪壯志心，長籲別吳京」，他對失去最後一次建功立業的機會感到非常難過。逝世前李白作有〈臨路歌〉：

大鵬飛兮振八裔，中天摧兮力不濟。
余風激兮萬世，遊扶桑兮掛左袂。
後人得之傳此，仲尼亡兮誰為出涕！

他一向喜愛以大鵬自比，他喜愛像莊子〈逍遙遊〉中所描寫的「其翼若垂天之雲」、「摶扶搖而上者九萬里」的那種自由無礙的境界。他雖然始終都有很強的自信心，而且富有樂觀的情緒，但「中天摧兮力不濟」，一代「詩仙」在生命的感慨中結束了他的一生。後人傳說他醉酒入水捉月而死，其實這一傳說表現了後人對他的永久懷念。

應詔長安與長流夜郎

天寶元年（七四二年），四十二歲的李白，因好友元丹丘在玄宗的妹妹持盈法師（玉真公主）的面前極力誇獎他的才學，使玉真公主對李白產生好感，並在玄宗面前推薦李白，這樣，懷抱壯志的文壇巨子——李白，經歷了一次政治上的大輝煌。

李白接到朝廷的詔文，真是大喜過望，稍做準備，就匆匆上路，這在他的〈南陵別兒童入京〉裡表現得很明顯：「仰天大笑出門去，我輩豈是蓬蒿人！」李白前半生遊歷大半個中國，遍訪賢人名士，胸懷曠世奇才，也有治國謀略，卻報國無門。如今朝廷召見，他以為「奮其智能，願為輔弼」的抱負一定能實現，因此，李白躊躇滿志地快馬加鞭，日夜兼程趕到長安。

李白來到長安，住在招賢館，等待玄宗的召見。閒來無事，一天他到紫極宮遊玩，遇見了太子賓客賀知章。當賀知章看完李白的〈蜀道難〉，連聲說：「好，太好了！這首詩真可謂是天地為之驚，鬼神為之泣啊！」賀知章看完詩又仔細看看李白說：「看到這麼絕妙的詩，再看你不同凡夫的相貌，好像是太白星下凡了。」「李謫仙」的稱號從此而來，並從此傳開。兩人越說越投機，越說越高興，不約而同走到一家酒館小酌續談。盡興之後，兩人搶著付錢，可笑的是兩人都忘了帶銀子，結果賀知章把佩帶上的小金龜押在了店家。臨分別時，賀知章對李白說：「雖說我不是當朝重臣，但可經常面見皇上，我會面奏皇上，請皇上親自召見你。」

由於賀知章的推薦，不多幾日，玄宗就召見了李白。在莊嚴輝煌的金鑾殿上，玄宗看到李白氣宇軒昂，不同凡人，心裡很高興，說：「愛卿僅僅是一名普通百姓，名聲卻能被朕得知，不是愛卿有真才實學，怎麼會有如此高的名聲？世人獨知漢武帝有司馬相如，從今以後，也知朕有李太白。」最後封李白為「翰林待詔」。這個職位就是在翰林院裡，隨時準備皇帝下詔，為皇帝起草文書，為皇帝宴遊做助興詩文，雖然是個小角色，但在當時的文人心目中，還是相當榮耀的。這時，李白有些飄飄然了，一是他可以經常面見皇帝，可以實現他的報國之志；二是因為玄宗的賞識，使他身價倍增，這使以前看不起他或欺辱過他的人，如今在他面前也點頭哈腰，巴結他，奉承他。

李白在翰林院裡，等待玄宗的召見，希望能在玄宗面前闡述治國策略。可玄宗並不常召見他，有時召見他，也不過是給皇帝和楊貴妃當侍從，陪他們遊玩，或者為皇帝助興寫幾首新歌詞。如〈清平調〉三首：

雲想衣裳花想容，春風拂檻露華濃。
若非群玉山頭見，會向瑤臺月下逢。

一枝紅豔露凝香，雲雨巫山枉斷腸。
借問漢宮誰得似？可憐飛燕倚新妝。

名花傾國兩相歡，長得君王帶笑看。
解釋春風無限恨，沉香亭北倚欄干。

李白奉詔又作了〈宮中行樂詞八首〉、〈龍池析色初青，聽新鶯百囀歌〉、〈春日行〉、〈白蓮花開序〉等詩文。這些詩文有些是李白有感而發，有的是為了迎合玄宗和楊貴妃的歡心，因為他知道，如果玄宗對自己不滿意，他的輔佐天子「濟蒼生，安社稷」的理想就很難實現。此時的李白，對侍候娘娘賞花，為梨園寫歌詞的生活已感厭煩，可他天真地在等待，等待玄宗的重用。雖然他已發現如今的皇帝已不是為百姓生活幸福，國家富強勵圖變革，廣招賢才的明君，但他希望玄宗能改變，重塑大唐明君的形象。

李白內心很苦悶。他狂傲不遜的性格，嗜酒如命的習慣，蔑視奸惡小人的做法，得罪了一些人，高力士就是其中一個。

高力士是宦官總管，玄宗和楊貴妃的紅人。玄宗沉湎於後宮歌舞美女之中，有些文表進奏都先呈給高力士，然後再送給玄宗，有許多事，高力士就決定了。這樣的紅人，文武百官巴結都來不及，可李白卻沒有把他放在眼裡。

有一次，李白奉詔為玄宗起草詔文。當時他已喝得有些醉意，正準備起筆寫詔文，抬眼看到身旁不男不女的高力士，一臉奴才小人相，心裡想：我得教訓教訓他，讓他難堪。想到這裡，李白啟奏玄宗說道：「臣此裝束，很受約束，有礙臣盡其所能。」玄宗說道：「你隨便一點不妨。」李白便摘掉帽子，脫下皮袍，拿筆抬腳就要上御榻，此時他好像才發現靴子還沒脫，於是，他順勢抬腳，對旁邊的高力士說：「勞駕，請幫忙把靴子脫下來！」高力士一愣，心裡有些惱怒，可他不敢發作，他本想玄宗能制止，可玄宗沒吱聲，他高力士再大的膽子也不敢說什麼，奴役慣的雙腿已經屈下，幫李白脫下了靴子。李白心情特別高興，不管高力士失神的樣子，筆走龍蛇，草書詔書。

李白豪氣沖天的性格，使得他在翰林院中越來越受束縛，嗜酒如命的習慣，加之他得罪了像高力士這樣的紅人，使得他的日子過得很不舒服。高力士為李白脫靴，自認為是奇恥大辱，心胸狹窄的他怎能放過李白呢？他就像一隻餓紅眼睛的野狗，隨時準備對李白下口。

一天，高力士在後宮走動，見楊貴妃正依窗吟唱李白寫的〈清平調〉，唱到「借問漢宮誰得似，可憐飛燕倚新妝」時，高力士認為時機已到，走到楊貴妃跟前說：「娘娘，你認為這首詩寫得怎樣？」楊貴妃說：「當然好了，李白把我比作漢朝時的美女趙飛燕。」高力士又湊前一步說：「娘娘可知趙飛燕是娼家出身？又可知她的悲慘結局？奴才認為，李白這是繞著彎罵娘娘。」「好你個李白，竟敢罵到我的頭上，有你好日子過！」楊貴妃怒氣沖沖地走了。高力士見他蓄謀已久的計策成功了，望著楊貴妃的背影，得意地奸笑幾聲。

李白對御用文人的生活日漸厭煩，高力士等人對他的排斥也日趨加緊，又有楊貴妃在玄宗面前搬弄是非，使玄宗對李白很冷淡，幾乎不召他進宮。李白對宮廷內幕的了解，使他對「盛世」越來越懷疑，對玄宗也越來越失望，他看不到真正的聖明天子，因此，李白去意已定，這在他的〈送裴十八圖南歸嵩山〉一詩可看出。

天寶三年（七四四年）春，李白看到自己不能被朝廷的「大臣」及皇帝所容，於三月上書玄宗請還山，玄宗很快批准，自此揮淚一去，終身不復入長安。

這是李白政治上的一次大輝煌，也是一次大跌落。

天寶十四年，安祿山以二十萬之眾反於范陽，僅僅一個多月就攻占洛陽。第二年六月，攻陷潼關，玄宗倉皇奔蜀，長安隨即陷落。龍樓鳳闕在搖晃，玉階丹墀在傾斜。中原橫潰，生靈塗炭，大地在震動。

此時，李白正在南逃途中。消息傳來，他日夜痛哭。幾天之間，頭上就好像鋪了層霜雪。一路之上，他感到自己好像是去國萬里的蘇武，亡命入海的田橫，心中充滿了國亡家破之感，前途漫漫，不知何處是自己的歸處。偏偏子規鳥聲聲啼血：「不如歸去！不如歸去！」他不禁仰天長嘆：「歸心落何處？日沒大江西！」他本來想去越中，後來終於沿江而上，到了廬山屏風疊隱居。

李白雖避居山中，心中卻如巨浪滔天，常常是夜中不能寐，日裡心茫然。他的心也常常飛到千里之外，飛到中原上空，看到洛陽城裡生靈塗炭，一大群豺狼作威作福；飛到秦川上空，看見烈火焚燒著唐王朝列祖列宗的陵廟；飛到黃河上空，看見兩岸的人民「如風掃落葉」一樣飄落在溝溝窪窪。他的心飛遍了四海神州，卻只能看著全國人民西望長安，掩面而泣。雖有濟蒼生的凌雲之志，卻更有無可奈何之情，只能慨嘆：「苦笑我誇誕，知音安在哉？」「吾非濟代人，且隱屏風疊。」就這樣，李白在深山勉強度過了幾個月的隱居生活。轉眼已到了至德元年的歲暮，寂寞苦悶的李白見到了他闊別多年的老友韋子春。此時的韋子春是永王李璘幕下的司馬，此來的目的就是邀李白入永王幕府，而且還是「闢書三至，人輕禮重」，三顧茅廬。

但李白還是太天真了，在永王軍中，他以為自己像樂毅登上了黃金台，為自己報國有路的幻想所陶醉，而永王根本就沒封過他一官半職。在東進途中，李白更是浮想聯翩，詩情洶湧，接連寫下了〈永王東巡歌十一首〉。他滿以為李璘出師東巡是奉朝廷之命，旨在「救河南」，「掃胡塵」，一清中原。李白還在歌頌他們的「聖主」和「賢王」之時，就已墮入了玄宗和肅宗父子之間、李亨和李璘兄弟之間的爭權奪利的旋渦之中。而他還不明察，以為藉之可以立功報國。但是好夢總是容易早醒，內戰終於在金陵附近展開。永王璘兵敗而死，李白亦被以「附逆作亂」的罪名投入潯陽監獄。這一年是唐肅宗至德二年春。

不久，宋若思上書推薦李白為可用之才。誰知肅宗降下旨來卻是：長流夜郎！而且這次是「放死」，沒有生還的希望，是比之入獄更為殘酷的打擊。李白對此除了深感憤怒之外，更為痛心的是對封建統治者的失望。

唐肅宗乾元元年春天，五十八歲的李白，從潯陽出發，踏上了流放之路。從安祿山作亂起，自春及夏，從宜州到杭州，匆匆來去，居無定所。而今，他又與老妻別離，再見似乎已很遙遠。「憔悴一身在」、「雙飛難再得」，他的夫人宗氏和宗氏的弟弟宗璟一直把李白送到離潯陽五里的烏江才黯然分別。他走的是長江水路，經江夏，上三峽，再走向他的流放地——夜郎。李白到了江夏，太守韋良宰是李白故人，把李白留下來休息了三兩個月。張鎬和魏顥也為李白送來了關懷。

「夜郎萬里道，西上令人老。」走上了流放長途的李白，心情是異常沉重的。途經的一草一木無不與他自己的身世際遇相連，勾起他無限感傷。

站在白帝城頭，李白百感交集。他想起青年時代從這裡出三峽，下長江，東遊金陵與揚州……那時的大唐王朝光輝燦爛，自己也意氣風發；後來國事日非，自己也每況愈下。再後來戰亂一起，社稷風雨飄搖，自己也陷於九死一生的境地，他這一生與大唐的國運竟是如此的如影隨形，翹首北望，悲從中來；展眼南望肝腸欲絕，就在這個時候，一個意外的消息傳來了：乾元二年二月，朝廷因關中大旱，宣布大赦，赦書規定：「天下現禁囚徒，死罪從流；流罪已下，一切放免。」李白是流罪，也在放免之列。這樣，在經歷了十五個月的流放之後，還沒到達夜郎，李白又重新獲得自由。他高興得幾乎發狂，他以為自己否極泰來了，他幻想馬上就要重見太平盛世了，朝廷既然赦免了他，就可能還要起用他，他的親朋好友一定在等待著他的歸來。於是在一個朝霞滿天的黎明，他踏上了東去的小舟，趁著新發的春水，飛似的順流而下，在船上寫下了他的〈早發白帝城〉：

朝辭白帝彩雲間，千里江陵一日還。

兩岸猿聲啼不住，輕舟已過萬重山。

「酒仙」李白：斗酒詩百篇

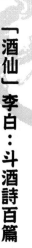

李白一生才情奔逸，經歷坎坷傳奇，留下許多令人驚嘆的名篇與傳說。其中關於「酒」的故事更是流芳百世，引為佳話。

最有名的傳說當屬「李白一斗詩百篇」（杜甫〈飲中八仙歌〉）了。據說李白在長安時，有一次酣眠酒樓，得唐玄宗召見填詞。李白說道：「我醉欲眠君且去。」李龜年無奈，只得令人將他抬至宮中。當時園中牡丹盛開，香豔怡人。玄宗命其作詞，他卻請求賜酒，自稱「臣是斗酒詩百篇，醉後詩寫得更好」。果然，三篇著名的〈清平調〉飲罷即成。李龜年等樂師即時演唱，玄宗玉笛伴奏，一時君臣同樂，好不熱鬧。這件事後來被杜甫寫作「李白一斗詩百篇，長安市上酒家眠，天子呼來不上船，自稱臣是酒中仙」。生動記載了李白以酒為趣，以酒作詩的獨特性格。

另有孟棨《本事詩》所載李白酒後「拜舞頽然」，竟能「取筆抒思，略不停輟，十篇立就，文不加點」，更是傳神。可見，李白雖然免不了囿於酒中及時行樂之嫌，卻由於他總是酒後詩興橫溢，妙筆生花，得到了「醉聖」、「酒仙」的雅號，在中國文學史上實為僅有。

正因此，歷來有許多諸如「李太白醉寫嚇蠻書」、「醉後水中捉月而死」的傳說，也有「會須一飲三百杯」、「愁來飲酒二千石」的誇張之詞。雖不可信，但都充分說明了李白一生與酒結下的不解之緣，說明李白的酒情結。

李白在生活中的確是須臾不離酒的，這與他傲岸不屈、狂放不羈的個性完全相符。他酒興大發的原因，主要是基於追求自由的精神品質。

李白一生嗜酒，關於他與酒的故事很多。傳說他小的時候十分愛喝酒，以酒為食。有一天，他的父親實在氣不過了，就把他裝進了盛滿酒的酒罈子裡。幾天過後，他的父親打開酒罈子一看，發現酒全沒了，而李白呢？卻因飲酒過多而在酣然大睡……李白在仗劍遠遊和長安三年時期，多半是豪邁和樂觀自信的。因此飲酒只是為了一種精神的解放，真正是「酒酣益爽氣，為樂不知秋」。腰纏萬貫的李白過著豪縱的生活，對前途也充滿了樂觀進取精神，每每於酒後表現出不受拘束的傲岸來。

李白還常救濟一些懷才不遇的「落魄公子」，曾有一年間「散金三十餘萬」之說。他希望在飲酒揮霍中廣結天下有識之士，「結髮未識事，所交盡豪雄」。可見李白是以酒交友的。其時賀知章、杜甫等人頗與李白相投。他們都要求擺脫社會羈絆，總是在酒後的高談闊論中獲得超俗的酣暢。

李白晚年仍不失放浪縱恣，但心境卻不相同。晚年的李白更為嗜酒如命。李白一生才華過人，曾被當時名士賀知章稱之為「謫仙人」。他生活的時代，已是唐朝由盛轉衰之時。早年的唐玄宗舉賢任能、勵精圖治，頗有其祖李世民之遺風。但後期的唐玄宗，卻終日沉湎於歌酒聲色之中，內寵楊貴妃，外用李林甫、楊國忠為相，兼信宦官高力士。唐王朝危機四伏，就在這種情況下，李白走向仕途，他懷抱鴻鵠之志，準備為國盡力。然而，現實一次次熄滅了他的理想。第一次長安之行，無功而還。第二次長安之行，成為翰林，又因得罪權貴，以「賜金還山」名義被趕出長安。永王南下，三次請其出山，他本以為能夠大展宏圖，卻不想無意識地卷入了皇家內部鬥爭，隨著永王的失敗，他也被牽連，以五十七歲的高齡，被長流夜郎，在去往夜郎的途中遇赦。這時候的李白依然懷有報國之志，但不免有些消沉，並且經濟情況也十分窘迫，只能靠著親友接濟度日。長安三年，使他在豪放的生活表象下，產生了許多曲高和寡、孤寂彷徨的悵惘和苦悶，也對唐朝統治集團內部的腐化墮落有了較清醒的認識。離開長安後的十載漫遊中，生計漸窘，仙道難求，詩人更沉溺於酒了，但此時飲酒更多的是為了消愁。他說：「窮愁千萬端，美酒三百杯，愁多酒雖少，酒傾愁不來。」足見他內心的煩悶。酒既是享樂之物，又包含了詩人對人事無常的感慨，懷才不遇的憤懣。

經過安史之亂後，詩人更是每況愈下。社會動亂，個人遭遇不幸，家人星散，使他內心充滿了生離死別的悲愁。國家出現轉機，李白流放歸來後，才又恢復了以前酣飲高歌的生活。他常「愁來飲酒二千石，寒灰重暖生陽春」。可見儘管經歷了苦難，詩人豪邁樂觀的氣度並未改變。詩人正是在酒中顯露出他浪漫飄逸的性格。

年輕時代，李白寫了許多意氣風發、憤發圖強之作。如〈短歌行〉中「北斗酌美酒，勸龍各一觴」，豪情激盪，來勢洶湧。「酒隱安陸」十年間，詩人在多首詩中塑造了一個才華橫溢、狂放不羈的抒情主人公形象。詩人借西晉山簡這位縱酒放達的人物，吟誦著奔放的酒的意象。「遙看漢水鴨頭綠，恰似葡萄初發醅；此江若變作春酒，壘麴便築糟邱台！」我們從中看到詩人熱情豪放的個性完全滲透在酒的形象當中了。

但李白的飲酒詩並不都是自由浪漫、坦然無憂的。如〈月下獨酌〉（其一）中，就已在酒中平添了許多孤獨感。「花間一壺酒，獨酌無相親。舉杯邀明月，對影成三人。……醉時同交歡，醉後各分散……」一縷愁緒瀰漫在月下獨酌之人的心頭。而李白最為成熟也最為人所熟知的自然是〈將進酒〉。在這首詩中，奔湧而出的是詩人那種人生如夢的感慨、懷才不遇的苦悶。「鐘鼓饌玉不足貴，但願長醉不復醒！古來聖賢皆寂寞，唯有飲者留其名。」「五花馬，千金裘，呼兒將出換美酒，與爾同銷萬古愁。」政治上的失意，對社會黑暗的不滿，使詩人心中鬱結了難解的愁腸。他只能在酒中表達自己的理想、志趣和不平。詩中既有他不願同流合汙的高潔操守，也表達出詩人濟世無路的憤慨，從而使詩歌具有了震撼人心的威力。

總之，李白前期的詩多以酒為樂，後期的詩中「酒」總是與「愁」相連，這與他的人生經歷、仕途起伏密不可分。

需要指出的是，李白的飲酒詩之所以富有魅力，不在於酒本身，而在於這些詩充分表現了李白的思想和性格。正是李白自身狂放不羈的性格使酒與他相伴一生，使酒在他的詩中起到了獨特的抒情效果。

李白在這痛苦的掙扎中，將豪情化為豪飲，終因飲酒過多，酒精中毒，以「腐脅疾」於上元二年（七六二年）病死當塗。在臨死之前，他將自己的作品託付給自己的族叔李陽冰，請求他為自己的作品作序，這就是《草堂集》，可惜已經失傳了。而李陽冰的序，也就是今天極為重要的研究李白的資料——〈草堂集序〉。李白，這一文壇巨人，終於在報國無門、「鬢先秋，淚空流」中逝去。在臨終之前，他寫下了〈臨路（終）歌〉：「大鵬飛兮振八裔，中天摧兮力不濟。余風激兮萬世，遊扶桑兮掛左袂。後人得之（兮）傳此，仲尼亡兮誰為出涕？」他依然將自己比作大鵬，然而卻因力量不足，而從高空九萬里中折落下來，壯志未酬身先死，這是李白一生的悲劇。

與李白病死一說同時存在的還有一說，那就是李白酒醉逐月，落水而死。這種說法也是有其合理之處的。李白在李陽冰那裡呆了一年多，雖靠這個族叔接濟，卻因同族叔關係甚篤，一直過得很自在。由於有「腐脅疾」病，眾人都勸他少飲酒，他笑笑不理。一天，閒來無趣，他便獨自一人來到采石磯，找到一個船家，令其沽幾斤酒，然後泛舟水上，一邊觀看水上風光，一邊飲酒，還不時地同船家嘮上幾句，漸漸地，太陽落下山去，月亮出來了，李白也有了幾分醉意，船家知他身體不好，便勸他少喝兩口，可是今晚的李白似乎豪情大發，他彷彿又回到了壯年，回到了絕不「摧眉折腰事權貴」時的傲岸的李白。他記起了自己曾大笑著去往長安，記起了老皇帝李隆基曾親自為他調羹，記起了自己曾讓高力士脫靴……他記起了很多很多，然而現在，自己已經年老了，已經病入膏肓了，已經不可能再為國家效力了，而國家也已經支離破碎了，人民已處於流離失所的苦難之中。於是他對著明月，不禁高歌道：「大鵬飛兮振八裔，中天摧兮力不濟。余風激兮萬世，遊扶桑兮掛左袂。後人得之（兮）傳此，仲尼亡兮誰為出涕？」想到了自己一生的理想，卻因「力不濟」而盡化雲煙了。這一生，他究竟追尋到了什麼呢？沒有人理解他，孔子已過世千年，誰還會為他而哭泣？想到這兒，他忽然看到水中的月亮，那光燦燦的月亮離他竟是如此的近，近得似乎觸手可及。他笑了，他伸出手，他想，這一輩子難道這麼近的一輪明月都碰不到嗎？他探出了手，又探出了身子，終於攬住了明月。……迷迷糊糊的船家一抬頭，發覺自己最欽佩的李學士居然已經在水中了，喊已經來不及了，他睜大了眼睛，看到了一個令人難以置信的場面：李白正懷抱明月，坐在一頭白鯨上，向天上飛去……

無論是哪種說法正確，李白都確實去了。他留下了近千首的優秀詩篇，也留下了千百年來人們對他的讚頌和深切懷念。人們為他的死編織了最美好的夢，他已同這個美好的夢一起長留在人們的心中……

詩篇不朽，一生坎坷的杜甫

杜甫，字子美，是我國古代最偉大的現實主義詩人。玄宗先天元年（七一二年）出生在河南鞏縣的一個傳統的仕宦家庭。他的十三世祖是晉代名將杜預，對此，杜甫常以此為榮，這對詩人一生的政治抱負，起著一種楷模和鼓舞作用。他的祖父杜審言是武則天時期的膳部員外郎，父親杜閒為兗州司馬、奉天縣令，母親是當時著名學者崔融的長女。可以說他的祖先多半是太守、刺史、縣令，因而這樣的家庭有田產還不用納稅，男子也不用服兵役，在社會上有很多封建特權。

杜甫降生後，他的家庭聲勢已大不如從前那般顯赫了，漸漸衰落下來，但每逢元旦聚會和婚喪嫁娶，遠近的親友都來觀禮。由此，人們可以理解杜甫庸俗的一面。他中年時期在長安那樣積極地營謀官職，不惜向任何一個當權者尋求引薦，這和他家庭的傳統是分不開的。

杜甫三十五歲之前，是讀書和漫遊時期。這時正值開元盛世，家裡的經濟狀況也較好，是他一生中最為愜意的時期。詩人自七歲時就開始作詩，「讀書破萬卷」地刻苦學習，為他的創作準備了充分的條件。二十歲時，他結束了書齋生活，開始了為時十年的「漫遊」。他先南遊吳越（江蘇南部、浙江），後遊齊趙（山東、河北南部）。遊齊趙時，曾先後和蘇源明、高適、李白等人結伴遨遊，登高懷古，豪飲狩獵，賦詩作文，生活十分開心。這期間大大開闊了他的眼界，但由於這種生活不可能使他深入地認識社會現實，因此在詩歌創作上，其佳作不多，只能算是他詩歌生涯中的準備階段。

天寶五年（七四六年），杜甫懷著「致君堯舜上，再使風俗淳」的政治抱負來到唐都長安。這時大唐帝國漸趨衰落，統治階級日趨腐敗，人民日益痛苦。李隆基做了三十年的皇帝，眼看著海內昇平，社會富庶，覺得國內再也沒有什麼可值得憂慮的了，太平思想痲痺了他早年勵精圖治的精神。他開始驕奢淫逸，縱情聲色，迷信仙道，不理朝政，把內事交給閹臣高力士，把外事交給「口蜜腹劍」的奸相李林甫。高權勢極大，李陰險奸詐，他們互相勾結，狼狽為奸。尤其是李林甫，他排擠當時比較開明的宰相張九齡，誣陷迫害很多正直的文臣武將。這時的長安被陰謀和恐怖的氣氛籠罩著，幾年前那種輕快、浪漫的風氣已蕩然無存了。

初到長安，杜甫漫遊時代的豪放性格還沒有消逝。他在咸陽的客舍裡過天寶五年的除夕夜時，還能和客舍的客人們在明亮的燭光下叫喊著一起賭博。接觸了長安的社會現實後，豪放的性格逐漸收斂，充滿了對過去生活的無限懷戀。來長安的目的就是要做官，而且他還想做大官。到長安的第二年，他滿懷熱情參加科舉考試，本以為一定能夠成功而走上仕途，不料卻被奸相李林甫一手扼殺。李林甫最嫉恨文人，因為這些人來自民間，不識「禮度」，他恐怕他們批評朝政，對他不利，於是耍弄陰謀，致使這次應徵的舉人無一人及第。揭榜後，他還上表玄宗祝賀說：「野無遺賢。」

走投無路，杜甫只好「毛遂自薦」。唐玄宗在天寶十年（七五一年）舉行祭祀大典，杜甫趁機寫了三篇〈大禮賦〉，獻給了玄宗皇帝。沒想到這三篇賦竟然產生了奇效。玄宗讀後，十分賞識，讓他在集賢院前等候並命宰相考試他的文章，這成為杜甫在長安十年中最值得炫耀的經歷。他在一年內名聲大噪，考試時集賢院的學士們圍繞著觀看他，杜甫無限榮耀。可是幸運卻一閃而過，考試後他一直在等候消息，但除了博得個「詞感帝王尊」外，仍未得到一官半職。杜甫極度失望，但他並未完全斷了念頭。

七五四年，他又接連進了兩篇賦〈封西岳賦〉和〈雕賦〉，他在這兩篇進表中仍是渴望做官，把他的窮苦生活寫得十分悲涼。

政治上遭到打擊後，他的經濟狀況也發生了巨大的變化。他的父親在奉天（今陝西乾縣）令的任上病故，他在長安一帶流浪，日益貧困。為了維持生活，他不得不低聲下氣地充當幾個貴族府中的賓客，如當時的駙馬鄭潛曜、汝陽王李璡等，給權貴們寫信，希望得到他們的引薦，以便獲得官職，這在當時成為一種社會風氣。杜甫抱著謀求功名富貴的願望開始向這些人投詩，如〈贈韋左丞丈〉、〈贈翰林張學士〉、〈投贈哥舒開府〉等，他甚至不得不違背自己的心意通過鮮于仲通向楊國忠發出「有儒愁餓死」的哀號。但這些人是不會關心杜甫的死活的，儘管杜甫的詩寫得「格律精嚴」，卻沒有得到回應。

天寶後期唐王朝的政治危機越來越重了。天寶十一年（七五二年），李林甫死，楊貴妃的兄長楊國忠當權，幹盡了禍國殃民的勾當，當時最高統治者已完全腐敗了。政治失意以及物質生活的貧困，都使杜甫詩歌的政治性進一步加強，因為他有可能深入現實，接近人民，認識到當時政治的罪惡本質。

當時，唐王朝內部奢靡腐朽，對外窮兵黷武。政治失意的杜甫居無定所，經常在長安城內外困遊，有感而發，寫了不少揭露統治階級腐朽和反映社會黑暗的詩篇，如〈麗人行〉和〈兵車行〉。

天寶後期，唐王朝政治腐敗，邊疆戰爭失利，民生漸趨凋敝，玄宗李隆基的奢侈生活卻有增無減。開元末年武惠妃死後，玄宗耐不住寂寞，到處尋覓麗人，最後看中了兒子壽王李瑁的妃子，蜀中司戶楊玄琰的女兒楊玉環，就是後來的楊貴妃。

楊玉環姿色豐豔，能歌善舞且精通音律，智慧過人。玄宗為了達到他不可告人的目的，採取了以退為進的對策。先把楊玉環封為道士，讓她離開壽王府，住進太真宮中。天寶四年（七四五年）八月，李隆基把「太真道士」封為「貴妃」，接著又封她的父親為兵部尚書，她的叔父為光祿卿，兄長楊銛為殿中少監，楊琦為駙馬都尉。可謂「一人得道，雞犬升天」，楊氏一族無上榮耀。七四八年，玄宗又追加楊玉環的三個姊妹為韓國夫人、虢國夫人、秦國夫人。楊家的姊妹窮奢極慾，她們的居所富麗堂皇，每頓飯的一般費用有時相當於中等人家十年的產業，每人每月用於脂粉消費的錢財達十萬。楊氏家族炙手可熱，以至當時民間流傳著這樣的民謠：「生男勿喜，生女勿悲，君今看女作門楣。」

春天，玄宗帶著貴妃和楊氏姊妹從南內的興慶宮穿過夾城遊曲江、芙蓉院，冬季到驪山華清宮去避寒；貴妃和楊氏姊妹五家日常用品的豐足，出遊時儀仗的氣派，達到了難以想象的地步。每每臨幸華清池，楊家作為隨從，並且每家為一隊，每隊穿一色的衣服，五家合隊，互相映襯，如花團錦簇。隊伍走過，滿道都是金鈿、繡鞋、碧玉和珠寶。

楊玉環的哥哥楊釗也因妹妹的身份而得以親近玄宗，並被賜名國忠。七五一年的十一月，李林甫死後，楊國忠被封為右丞相，當時還身兼四十多職，獨攬大權，勢傾天下。可見，楊貴妃的得寵帶來了楊氏一族的奢華。他們荒淫無度，操縱國家大權，唐玄宗在嬌媚的楊貴妃面前已完全昏庸了。

「宮中行樂祕，少有外人知」，玄宗一干人等的荒淫無恥，令杜甫難以忍受了。困頓長安的杜甫在幾年來的不平經歷中，對朝廷的上層統治已非常不滿，卻仍然對這個日漸衰落的大帝國抱有期望，他希望玄宗能從紙醉金迷的生活中猛醒，重現開元盛世的繁榮。但是，楊玉環得寵後，一切都已變得那麼渺茫了。廣泛的社會接觸使杜甫看到了勞苦大眾的疾苦，對上層社會的生活方式萬分痛恨。天寶十二年（七五三年）三月三日，楊家兄妹同到曲江春遊時，杜甫有感而發，寫下了〈麗人行〉。

〈兵車行〉是杜甫在困守長安期間寫的一首批判窮兵黷武戰爭政策的新題樂府。他將矛頭直接指向最高統治者，同時也揭示出戰爭給人民帶來了巨大災難，這也是他第一首反映人民疾苦的作品。

徵兵保衛國家本無可厚非，但太平盛世，不惜人力、物力發動戰爭，勢必導致國力衰弱而給國家、人民帶來災難。盛唐徵兵源於唐王朝的拓展疆域政策。皇帝們沉醉於唐帝國的美好夢幻，但從不滿足。到了唐玄宗天寶時期，李林甫專政，奸臣弄權，把開元時代一些清明的政治風氣破壞無餘。在玄宗的授意下，邊將們十分好戰，不斷挑動戰爭。在開元末年和天寶初年還能在邊疆戰場上獲得一些勝利，可後來就不同了。

天寶十年（七五一年）的一年時間內，唐王朝頻繁發動對西北、西南少數民族的戰爭。鮮于仲通討南昭，高仙芝擊大食（今阿拉伯），安祿山伐契丹，結果無一不折兵過半，大敗而還。鮮于仲通征討南昭的八萬兵馬，死者達六萬。楊國忠等人還向朝廷掩蓋事情的真相，仍大量徵兵。為此，楊國忠下令御史分道抓人，套上枷鎖送到軍中。「行者愁怨，父母妻送之，所在哭聲震野」，真實地再現了盛唐徵兵時的悲傷場面。

長安以北渭水河上有座咸陽橋，這裡連接著通往西域的大道，朝廷用暴力徵來的士兵開往邊疆都要從這裡經過。被困長安的杜甫幾年來仕途失意，生活日益貧困，他不滿於統治者的種種行為，由於想要做官而又不得不壓抑自己，因而在客舍中百無聊賴。為緩解煩躁的心緒，他經常到長安附近走動。這也使得他有機會接觸社會下層的勞動人民，了解社會底層人民的疾苦，對他的文學創作幫助很大。

七五一年，杜甫有一天路過咸陽橋，恰巧趕上朝廷徵兵經過這裡。杜甫站在橋邊，望著不遠處的情景，無限感慨。官道上來往戰車隆隆作響，戰馬嘶鳴，出征的士兵們個個在腰上掛著弓箭，但卻遲遲不願走，父母妻兒紛紛趕來送行，揚起的漫天塵土遮蔽了整座咸陽橋。

他們知道這就是生離死別，都牽衣跺足攔在道上痛哭，悲慘的哀號聲夾雜著車馬聲直衝雲霄。

杜甫想到自己可以免服兵役，覺得既幸運又非常慚愧，不禁一陣心酸。他見一位士兵站在路邊，便走上前去詢問：「小夥子，你們要上邊疆殺敵立功，為什麼還不情願呢？」那位士兵嘆息聲中帶著一絲濃重的哀怨，跟杜甫談了起來：這年月皇帝徵兵太頻繁了，有的人十五歲時就去黃河以北駐邊抗敵，四十歲回來後又被徵往西北邊疆去屯田。出征前還是個包著頭巾的少年郎，可回來後已頭髮斑白但還是免不了再次戍邊。邊疆戰士們死傷無數，他們的鮮血已積成海水，可是皇帝開拓邊疆的想法還不改變。你聽說過沒有，華山以東的二百個州縣，成千上萬個村莊幾乎完全荒廢了，到處是荊棘叢生。即便是健壯的農婦進行耕作，田裡能收多少東西？關中的士兵有吃苦耐勞的品行，卻因此常被調來調去，這與驅趕雞狗有什麼兩樣？

杜甫聽後沉默不語了。他住在長安，天子腳下，繁華大都市，視野侷限性很大，平時很難有了解百姓疾苦的機會。那位士兵接著說：「老人家關心我們，我很感激，可是我們這些當兵的又怎敢申述怨恨呢？就說今年冬天吧，被徵調關西的士卒始終沒有得到休整，皇帝還急著派人來催收地租。沒人種地，這地租從哪裡來呀！人們總結出一條：生男孩是件倒霉的事，反倒是生個女孩好。生個女孩還可以嫁給近鄰常在身邊，生個男孩卻只能拋屍荒野了。你沒看青海那邊，自古以來出征的士兵的屍骨沒人收拾，終年暴露在野外，一批批新鬼滿腹怨恨，一群群舊鬼哭聲陣陣，每到陰天下雨，那淒慘的哀叫便連綿不斷，非常恐怖。」

聽了士兵的一番話，杜甫難以抑制自己沉重的心情，所見所聞打動了這個中年詩人的心。回到客舍，咸陽橋頭的那一幕久久縈繞在他的面前。他更加認識到了統治者的荒謬和盛唐徵兵帶給人民骨肉分離的種種悲慘結局，奮筆疾書寫下了著名的〈兵車行〉。

此後，他將妻子接來，寓居於少陵以西的地方（今西安城南）。仕途失意的杜甫開始逐漸關注人民的生活。天寶十三年秋天，長安城陰雨綿綿，秋收大受影響，物價飛漲，楊國忠卻挑選長得較好的穀子拿去給玄宗看，說該年雨水多，但是沒有損害莊稼。扶風郡太守如實奏報了災情，楊國忠便叫御史審問他，以後便沒有人敢說了。

憂國憂民的詩聖杜子美

七五五年十月，杜甫終於被任命為河西（陝西合陽）尉。但由於這個職位是「分判眾曹，收率課調」，實際上就是直接剝削人民，杜甫拒絕接受。後來，改任了右衛率府曹參軍，看守兵甲器仗，管理門禁鎖鑰。這對杜甫是莫大的嘲弄。不久，他便開始厭倦了官場的生活。同年十一月初冬，他離開長安去奉先探親。這是安史之亂爆發的前夜，他已預感到了事情即將到來。回家團聚，卻聽到了小兒子去世的噩耗，他悲憤交加，回想在長安十年的坎坷遭遇，把現實的政治危機和對所見所聞的疑慮都寫到了〈自京赴奉先縣詠懷五百字〉中。杜甫已不再是當年充滿豪情壯志的宦族青年了，在長安的貧困生活中接近人民，逐漸形成了「窮年憂黎元」的進步思想，寫出了「朱門酒肉臭，路有凍死骨」的不朽警句。

困守長安期間，他和幾個好友經常往來。任廣文館博士的鄭虔，詩人高適、岑參，和被調到長安做國子監司業的蘇源明。他們有時和杜甫一起出遊，並彼此作詩唱和，這使得在仕途上一再碰壁、窮困潦倒的杜甫有了一絲安慰。困守長安使杜甫的理想和現實產生了強烈的反差，想到國家的前途和人民的命運，他已心潮澎湃，黯然神傷了。

七五六年正月，安祿山在洛陽自稱大燕皇帝，這樣便給唐王朝集兵潼關準備了時間。同年五月，杜甫帶領家人從奉先到了白水，寄居在他的舅父崔頊的高齋中。這裡十分寂靜，但杜甫的心卻閒適不下來。他感覺山林中彷彿有兵氣瀰漫，水光裡閃動著刀光劍影。

當時哥舒翰年老病殘，監軍李大宜與將士們終日飲酒賭博，與娼婦們取樂。士兵連飯都吃不飽，怨聲載道，因而戰鬥力很低。唐玄宗和楊國忠見哥舒翰按兵不動，懷疑他另有陰謀，一再催促出戰。哥舒翰明知必敗，但出於無奈，貿然出兵，只三天便全軍覆沒，他本人也被俘而投降了安祿山。

潼關失守，附近各地的防禦使便都棄職而逃，白水也淪陷了。杜甫在局勢急驟轉變中開始了流亡生活。他帶領全家人摻雜在流亡的隊伍中，向北流亡。一路上，他們歷經磨難，飢寒交迫，沒有吃的，就摘路邊的野果吃，沒有住的，就在樹木下面過夜，最終在鄜州（今陝西富縣）西北的羌村安頓下來。

就在杜甫從白水到鄜州在起伏不斷的荒山窮谷裡奔波時，玄宗帶著楊貴妃、楊國忠和皇親貴戚、心腹大臣們，瞞著百官和百姓，逃往四川。途中路過馬嵬坡，龍武大將軍陳玄禮發動兵諫，軍士們殺了楊國忠，玄宗被迫縊死楊貴妃後向成都逃亡。留在關中的太子李亨在靈武（今寧夏靈武西北）即位，身邊只有不到三十人的文武官員。杜甫聽到了這個消息後，立即把復興的希望寄託在了李亨身上，於是他隻身北上延州（今延安），想出蘆子關（今陝西橫山縣）投奔靈武。

他起程的同時，叛軍的勢力已膨脹到了北方，鄜州一帶陷入混亂狀態。他在路上進退不能，不料被叛軍捉住，送到了已淪陷的長安。也許是因為杜甫既沒有地位，也沒有名聲，叛軍並未把這個年齡才四十五歲卻已滿頭白髮、未老先衰的詩人放在眼裡，他在長安沒有受到嚴格的看管，仍有一定的活動自由。就這樣，杜甫憤懣地在敵人的壓迫下艱難度過了八個月痛苦的俘虜生活。這是他的不幸，但他得以親眼看見長安陷落後的悲慘景象，寫出了不少政治性很強的詩篇，使他也進一步關心國家的命運和同情人民的痛苦，寫出許多思想內容豐富的作品。

長安陷落後，只兩三個月，雄壯華麗的京城便面目全非了。宮殿不是被毀，便是住滿了叛軍。安祿山報復性地對留在長安的宗室妃嬪和隨玄宗入川的官員留在長安的家人展開了大規模的屠殺。一時間，人民處於水深火熱之中，長安城極度恐怖。肅宗即位後，迅速召集兵馬，準備東征收復兩京。

至德元年（七五六年）十月，新宰相房琯親自領兵，分三路收復兩京。房琯是一個善於慷慨陳詞而不善用兵的讀書人，中路和北路的兵馬二十一日在咸陽東的陳陶與叛軍相遇，全軍潰敗，四萬人血灑戰場；南路兵馬也敗於青阪。叛軍凱旋回到長安，痛飲高歌。

七五七年正月，叛軍發生內訌。安祿山被殺，史思明繼續用兵圍攻太原。杜甫身在長安，密切關注著戰局的發展，他認為延州的蘆子關是防守空虛之地，一旦被叛軍攻克，便可直取唐朝反攻的大本營。他憂心忡忡，寫下了〈塞蘆子〉一詩，指出蘆子關的戰略地位：「焉得一萬人，疾驅塞蘆子。」

杜甫困居長安，除去為國家焦慮外，自然也時常懷念他的家屬，擔心千里之外的兄弟姊妹。當他得到杜穎從平陰寄來的書信後，得知他們還活著，但也很憂慮：「兩京三十口，雖在命如絲」。

七五七年的春天終於來了，大自然不因為人間的悲劇而失去它的美麗。淪陷的長安，仍是鳥語花香，春光明媚，而憂國憂民的杜甫卻另有感受寫出了著名的《春望》：

國破山河在，城春草木深。
感時花濺淚，恨別鳥驚心。
烽火連三月，家書抵萬金。
白頭搔更短，渾欲不勝簪。

這年四月，長安西郊處在大戰前夕。叛將安守忠、李歸仁率大軍駐防在清渠，與濇橋的郭子儀軍相對壘，戰爭一觸即發。一天，杜甫走出城西的金光門，奔向鳳翔。這回出奔，他冒著很大的生命危險穿過兩軍對峙的前線，躲進了山林，沿著崎嶇的小路前行，最終逃離了長安，獲得了新生。

杜甫陷賊長安，使他身心都受到了很大的折磨。但從那以後，杜甫也真正了解到了勞苦大眾的生活，更加熱愛祖國和人民，並拿起了筆創作出了許多反映與批判現實的不朽作品。杜甫最終由地主階層知識分子走到了憂國憂民的人民作家道路上來。

肅宗乾元二年（七五九年），杜甫離開洛陽回到華州。一路上，到處呈現出戰爭所帶來的不安景象。他經過新安、石壕（今河南陝縣東）、潼關，所接觸到的都是老翁老嫗的愁眉苦臉，在官吏殘酷的驅使下忍受著無處申訴的痛苦。杜甫把看到的、聽到的、親身經歷的人民悲劇用詩的方式表現出來，寫下了〈新安吏〉、〈石壕吏〉、〈潼關吏〉和〈新婚別〉、〈垂老別〉、〈無家別〉六首詩，即「三吏」與「三別」。

安史之亂爆發後，幾年的工夫，唐王朝的人口減少了大半，壯丁更為缺乏，尤其是河南、陝西一帶，壯丁缺乏，既影響戰爭，又影響生產。七五九年冬末，杜甫回到洛陽看望他戰亂後的故鄉。杜甫到洛陽時，路上相當安定，城市也恢復了舊貌，可是相州兵敗後，一切又都發生了突變。當時軍隊急需補充兵馬，在充實軍隊時，那些一向當慣了統治者爪牙的吏役們為了拼湊兵額，任意捕捉，毫無原則，做出了許多殘酷的事，使寂寞蕭條的東京道上嗚咽著令人難以忍受的哭聲。

杜甫從洛陽回華州，路過新安縣的時候，恰遇縣吏徵兵，縣裡壯丁早已徵完，只好徵用十八歲的「中男」。杜甫在〈新安吏〉中寫道：

肥男有母送，瘦男獨伶俜。
白水暮東流，青山猶哭聲。
莫自使眼枯，收汝淚縱橫。
眼枯即見骨，天地終無情！

杜甫對人民的疾苦表示了深切的同情。他用有母的「肥男」來襯托孤苦的「瘦男」，行人走了，但哭聲仍不絕於耳。「天地終無情」實際上是在指責朝廷。雖然如此，但杜甫想到抵禦叛軍是人民的職責，這個戰爭本身是正義的，於是立即轉換口氣來安慰這些青年：

就糧近故壘，練卒依舊京。
掘壕不到水，牧馬役亦輕。
況乃王師順，撫養甚分明。
送行勿泣血，僕射如父兄。

杜甫從新安往西，到了石壕村，晚間投宿在村裡一個窮苦的人家。半夜裡有差吏敲門來捉人，這家裡的老翁跳牆逃走了，家裡只剩下一個老太婆和一個衣衫不全的兒媳帶著一個吃奶的孫子。老太婆和差吏交涉了許久，說了許多哀求的話，差吏還不肯讓步，堅持要人。最後沒有辦法，她只有犧牲自己，讓差吏把她在當天夜裡帶走，送到河陽的軍營裡去充軍。杜甫親身經歷了這段故事，寫下了〈石壕吏〉。他用「吏呼一何怒，婦啼一何苦」來表現當晚軍吏與老婦交涉的緊張場面，並藉老婦的口來敘述這一家人的苦難。

杜甫繼續西行，到了潼關。關上正在加緊修築工事，預防叛軍史思明來攻。他又寫了一首〈潼關吏〉：「士卒何草草，築城潼關道。……連雲列戰格，飛鳥不能逾。胡來但自守，豈復憂西都？」杜甫看到了潼關士兵修築關城的辛苦，但又怕重蹈哥舒翰因楊國忠促戰而輕於出戰以致慘敗的覆轍，請求潼關吏轉告守關的將軍，千萬不要再學哥舒翰：

哀哉桃林戰，百萬化為魚。
請囑防關將，慎勿學哥舒！

這些就是杜甫詩中流傳最廣也最為讀者所喜愛的「三吏」，這三個故事都是杜甫從大量的社會見聞中挑選和概括出來的。

杜甫在從洛陽到潼關的路上，看見了新婚的少婦，晚間結婚，第二天早晨丈夫便被召去守河陽，她自己覺得嫁給征夫，不如委棄在路旁；他又看到一個老人，子孫都陣亡了，如今也被徵去當兵，老妻臥在路旁啼哭，她知道這一去不會再有回來的希望；還有從相州戰敗歸來的士兵，回到家中，但見田園被荒草埋沒，當年同鄉的人們不是死了，就是各奔東西，沒有消息，當他扛起鋤頭去耕種已荒蕪的田園時，縣吏聽說他回來了，又把他叫回去在本州服役。這三個人，杜甫每人為他們寫了一首詩，用他們自己的口吻，訴說他們自身的痛苦，也表現了他們高尚的愛國熱情，這就是著名的「三別」。

〈新婚別〉中的新娘子，是一個淳樸的農家婦女，盼望嫁一個好丈夫，同他白頭偕老。可是，萬萬沒有料到，就在新婚的第二天早晨，丈夫就被官府召去當兵。她詛咒朝廷兵役政策的殘酷，發出了「嫁女與徵夫，不如棄路旁」的抗議；但當她想到大敵當前，便強壓內心的痛苦，喊出了「勿為新娘念，努力事戎行」的愛國呼聲。

〈垂老別〉中的老人家為了國家的統一和人民的生存，獻出了全部子孫，現在徵兵徵到了他的頭上。他對官府濫抓壯丁極為不滿，但一想到國家的災難，便立即將悲憤化為力量，愛國激情加上復仇的怒火，使他以衰老之身，毅然投杖應徵：「萬國盡征戍，烽火被岡巒。積屍草木腥，流血川原丹。何鄉為樂土？安敢尚盤桓？棄絕蓬室居，塌然摧肺肝！」

〈無家別〉中歸鄉的戰士雖又被徵召，但也不斷安慰自己：「雖從本州役，內顧無所攜。近行止一身，遠去終轉迷。家鄉既蕩盡，遠近理亦齊。」

「三吏」與「三別」客觀地反映了安史之亂給廣大人民所造成的慘重災難，沉痛地控訴了安史叛軍的血腥罪惡和唐王朝的禍國殃民，揭露了唐王朝濫抓壯丁的暴行，同時熱情歌頌了人民的愛國精神和英雄氣概。

杜甫寫「三吏」和「三別」是在內心無限矛盾中寫出來的傑作，憂國憂民的思想在作品中盡情地展露出來。要同情人民的苦難，就要反對朝廷的徵兵政策，但要想救國、救民，就要擁護官軍徵兵抗戰。杜甫較好地處理了這種矛盾，為我們留下了史詩般的作品。如果他還在長安做左拾遺的話，這絕對是不可能的。

「茶聖」陸羽：漂逸曠達的逸士

陸羽是唐代著名的品茶逸士，他用畢生心血著成了《茶經》一書。此書的問世，使唐人飲茶的風俗更加盛行，陸羽也被後人尊稱為「茶聖」。

陸羽（七三三—八〇四年），字鴻漸。他本是一個棄嬰，被龍蓋寺智積禪師在水邊拾到並撫養長大。龍蓋寺是當時有名的大寺院，寺中僧人眾多，大多數僧人都愛飲茶。據《封氏聞見記》載，唐開元中，各寺夜晚參禪，不進晚餐，卻允許僧人飲茶。又據知，有百歲老僧答唐宣宗問，其長壽妙法即「臣少也賤，素不知藥，唯嗜茶」。可見，當時僧人飲茶已成為一種風氣。通過飲茶，體悟佛理，因此有「茶禪一味」之說。陸羽的師父智積禪師也是一位飲茶成癖的名僧，對飲茶、品茶都有深厚的研究，這對陸羽後來成為「茶聖」有很大影響。

陸羽少年為僧時，經常為師父煮茶，智積禪師則從旁指點。這段經歷不僅培養了他對茶道的興趣和愛好，而且是他日後對茶學研究的啟蒙。

陸羽少年時期在寺院中生活，寺院裡的高僧整日誦經念佛，淡泊名利，追求極樂世界。在這種氛圍的影響下，陸羽形成了飄逸曠達的性格。他才學過人，文詞俊雅。青年陸羽曾與關中名門望族、世代書香門第的柳澹「交契深至」，足見陸羽儒學功底的深厚。由於他詩名遠播，朝廷曾徵他為太子文學，他堅持不去任職，視功名利祿為天上浮雲，而喜愛那種不受拘束、寄情山水的逸士生活。

陸羽隱逸山林之中，往往獨行野中，口念經文，吟誦古詩，很是快活，自號「桑苧翁」，又號「東崗子」。陸羽在漫遊期間，從未放棄過對茶學的研究。他漫遊各大茶山，親自採摘，煎煮茶葉，品嚐其味。他還嘗遍百川大河的水，辨其優劣，各立品位，雕刻在石壁上傳於後世。這些生活經歷，為他以後撰寫《茶經》奠定了基礎。他不但研究茶葉，而且對於盛茶的器盞，如碗、甌、盃都有一套獨到的見解。陸羽特別推崇邢、越的茶器，後來他把這些寫入《茶經》中，結果邢、越生產的白瓷茶具大為暢銷，風靡全國，全國士庶爭相購買，「天下無貴賤通用之」。

陸羽在考察各地名茶期間，還結交了不少文人名士，如顏真卿、張志和、孟郊及女詩人李季蘭等，並且與他們交往甚密。他們常常一同探討茶道文化，促進茶文化在知識分子之間的普及。據說，唐代三大詩人李白喜飲「仙人掌茶」；杜甫愛用壽州黃瓷飲茶；白居易也經常吟唱「小盞吹醅嘗冷酒，深爐敲火炙新茶」（〈新茶〉）。可見當時飲茶在士人之間已廣為流傳。同時，陸羽也從與這些文人士大夫交談中，積累了許多詠茶詩和有關茶的典故。

在陸羽結交的眾多朋友之中，皎然與陸羽關係最為密切。皎然是一位和尚，俗姓謝。他從小出家為僧，居住在杼山。當時，皎然、靈澈和陸羽同住在妙喜寺，陸羽在寺旁建一亭，「以癸丑歲、癸卯朔、癸亥日落成」，顏真卿書名之為「三癸亭」，皎然在上賦詩一首，時稱「三絕」。皎然對茶道造詣極高，在〈飲茶歌誚崔石使君〉中首創「茶道」一詞。皎然經常與陸羽賦詩論茶：「九日山僧院，東籬菊也黃。俗人多泛酒，誰解助茶香？」（〈九日與陸處士羽飲茶〉）從詩中也可以想象得出二人論茶的情景。

陸羽對茶非常喜愛，在自己居住的地方都栽滿茶樹。相傳，陸羽居住上饒（今江西省上饒市）時，在城北廣教寺栽了幾畝茶樹。每當春天來臨時，茶花開放，香氣四溢。在茶香四溢的茶山中，陸羽根據自己半生對各地茶的考察和對茶的精闢見解，撰寫了《茶經》。

《茶經》大約作於唐代宗大曆年間（七六六—七七九年），分上、中、下三卷十門，敘述茶的生產和特性，採茶所用的器物，茶葉加工，品種，烹飲的茶具，煮茶的方法，飲茶的風俗，茶的產品與等級的鑑定及有關茶的典故、傳說和藥方等，可謂是一部茶學的百科全書。相傳，現在市場上出售的用紙囊包裹的茶磚就是陸羽所創製的二十四種茶之一。

陸羽撰寫完《茶經》之後，並沒有像司馬遷著《史記》那樣，藏之名山，傳於後人，而是與皎然在杼山（今湖州市南埠、龍溪、弁角三鄉交界的妙峰山）舉辦茶會。陸羽在文人聚會之際，親書《茶經》於白絹，置於壁上，手執茶具，邊操作邊講解《茶經》要旨。茶道從煎到飲，都有一套程序，舉手投足都有規範動作，處處顯示出高雅。當時文人薈萃，品茶吟詩，盛況空前。

陸羽不斷舉辦杼山茶會，《茶經》迅速傳揚，茶道也不脛而行，「王公朝士無不飲者」。陸羽因此名聲遠揚，朝野上下沒有不傾慕他的，都希望與他一飲為快。

陸羽此時對茶的品悟可以說達到爐火純青的地步。他在顧渚自栽自採，有時也到別處採茶。如到棲霞寺採茶時，他的茶友皇甫冉就做〈送陸鴻漸棲霞寺採茶〉：「借問王孫草，何時泛碗花？」採茶的學問是「不可見日，以指不以甲，則多溫而易損；以甲不以指，則速斷而不柔」。陸羽不但對採茶精通，而且對天下之水了如指掌。

據《煮茶記》中記載，代宗年間，李季卿被貶為湖州刺史，走到維揚，碰巧遇到陸羽。李季卿早已仰慕陸羽大名，心中非常高興，相邀至揚子驛站。李季卿說：「我早已聞知茶聖的大名，今日與你相見，真是幸會。揚子江中的水，天下聞名。如今二者妙在千載一遇，何不煮茶盡興呢？」於是命手下士卒洗淨器具，深入揚子江心，取南零（揚子江水中最涼處）之水。不一會兒，手下士卒抬水回來，陸羽看看水，用勺揚著水說：「水是江水，但不是南零之水，酷似江岸之水。」手下士卒忙辯解說：「我深入揚子江心南零取水，怎麼會不是呢？」陸羽不再說話，把桶中的水倒入盆中，快到一半時，陸羽停下，說：「剩下的才是真正的南零水。」士卒聽後，嚇得連忙跪下說：「乞請大人原諒！我本去南零取水，舟到岸邊之時，不小心，把水碰灑半桶，只好以江岸之水冒充南零之水。陸處士，真乃神人，小人所言都是實言，不敢再隱瞞。」士卒說完，在場所有的人不禁驚駭，暗自佩服陸羽。

唐代自陸羽以後，許多人致力於茶道研究，給光輝燦爛的唐代文化增添了絢麗的一筆，形成了中國獨特的茶道文化，並且遠揚東瀛，派生了日本茶道，促進了中日文化的交流。

劉長卿：不畏權勢的「五言長城」

劉長卿（七〇九—七八〇年？），字文房，河間（今河北河間）人。他是中唐前期頗有代表性的詩人，名噪中唐詩壇。他的詩已得到當時人的普遍關注。唐代以後，隨著時間的推移，評論家對他的評價越來越高。這些評論雖然未免言過其實，但也說明了劉長卿地位的重要。

劉長卿青壯年時期大部分是在貧困、窘迫中度過的。他長期為謀取功名而四處奔走，但卻屢試未中，一無所獲。雖然身處大唐盛世，可卻像一隻「羽毛憔悴」的鳥兒（《全唐詩·劉長卿集》），孤苦無依。在這種境遇下，他開始寫詩，並取得了一些成就。這些詩多以酬贈感遇和邊塞生活為題材，對現實生活有比較深刻的反映，顯示出一些盛唐的氣象，同時，中唐之氣也初現端倪。

劉長卿的及第一般認為是在開元二十一年，這一年他考中了進士。不久，安史之亂爆發，詩人南行揚州、蘇州一帶避難。後來，被授官為長洲（今江蘇蘇州）尉，此時，他已四十四歲。進入仕途的劉長卿歷經坎坷，屢遭不幸，曾兩度被貶。第一次是暫任海鹽令的當年，由於「剛而犯上」（高仲武《中興間氣集》卷下），遭到小人讒害，身陷囹圄，繼而被貶為南巴（今廣東電白縣東）尉。過了十多年閒居流寓生活之後，劉長卿又被任命為淮西鄂岳轉運留後。可是好景不長，災難再次降臨。由於他剛直不阿，觸怒了郭子儀的女婿即鄂岳觀察使吳仲孺，被誣陷貪汙錢款二十萬貫（《舊唐書・趙涓傳》）。劉長卿有口難辯，推審後，被貶為睦州（浙江建德）司馬。兩次貶謫，都使他悲憤至極。劉長卿所受到的冤屈既反映了當時政治的黑暗、法令的敗壞，同時也進一步表現了他不畏權勢的剛直品格。

兩次貶謫，不僅使劉長卿的心靈受到強烈的打擊，而且也影響到了他的詩歌創作。被貶南巴之後，劉長卿的詩反映現實的內容漸漸減少，慨嘆遷謫、感嘆個人遭遇成為主要內容，「盛唐氣象」淡化，中唐之氣更加明顯。

唐德宗即位之後，劉長卿任隨州（今湖北隨縣）刺史。他本想有所作為，但在任期內，兩次遭逢地方節度使的叛亂。後來，隨州被淮西節度使李希烈的叛軍攻陷，劉長卿可能因為棄城出走，不久被罷官。這段時間是劉長卿創作的衰落時期，大多數創作都是抒寫驚秋、嘆老等個人情懷的詩歌和一些應酬之作，成績甚微。

劉長卿的詩作，現存五百多篇，收在《劉長卿集》中。後人習慣上把劉長卿叫做「五言長城」，那麼這個稱譽是怎麼來的呢？《新唐書・秦系傳》中記載：「（秦系）與劉長卿善，以詩相贈答。權德輿曰：『長卿自以為五言長城，係用偏師攻之，雖老益壯。』」劉長卿本人的確比較自負，可以認為「五言長城」是劉長卿的自我加冕。劉長卿的詩中，五言、六言、七言、雜言都有，但五言詩，尤其是五律詩寫得最多，也寫得最好，為時人所不及，所以他才把自己稱為「五言長城」。「五言長城」所包含的意思大概是：在他之前和同時代的五言詩尚還薄弱，而他的五言詩則像長城一樣牢不可破。當然，這只是推斷而已。

劉長卿的詩風格含蓄溫和。他的創作中，成就較高、功力頗深的是那些吟詠山水、反映隱逸生活的作品。他往往用嚴格的律體、凝練自然的詞句描寫山水景物和田園風光，抒發感情，意境清新如畫，在風格上自成一家。

劉長卿還在一些詩歌中透露出他被貶謫的失落感和憂憤情緒。如〈過長沙賈誼宅〉就很有代表性。這首詩雖在詠史，但實際上是以賈誼的遭遇自況，同時也議論到了皇帝，不滿之情躍然紙上。在〈新年作〉中，他更直接地抒發了遠謫異鄉的傷感和傷春惜年之情。劉長卿的這類詩雖然格調不高，但卻寫得細膩委婉，很有藝術底蘊。

反映現實的作品在劉長卿的詩歌創作中也有一些，但為數並不多。他在詩歌中對「安史之亂」給人民和社會造成的災難也有所涉及。如〈穆陵關北逢人歸漁陽〉就描寫了幽州城戰亂後的荒涼、殘破的慘狀，在詩的結尾處表達了他感時憂民的情懷。此外，如〈疲兵篇〉、〈送李中丞歸襄州〉等，寫了戍邊將士的疾苦和他們所受到的不公平待遇，感情深切，令人動容。

由於思想和生活比較狹窄，劉長卿的詩歌內容和形式都缺乏更多的變化，所以有人批評他「大抵十首以上，語意稍同，於落句尤甚，思銳才窄也」（《中興間氣集》），這是有一定根據的。但不管怎麼說，劉長卿仍可稱得上是中唐前期一位有特色的詩人，在文學史上應該佔有一席之地。

高雅閑淡、古拙樸實的韋應物

韋應物於開元二十五年（七三七年）出生在京兆（今西安市）一個官宦家庭，他的高祖父、曾祖父都是初唐位至三公的大臣。儘管父輩沒有給他留下什麼殷實的家業，但作為宰相的曾孫，韋應物仍可以享受世襲的特權，所以十五歲就入宮成為三衛郎。韋應物做玄宗的侍衛時，還尚未發憤讀書，多半時間和皇親貴族一起過著驕奢與腐化的生活。不過，少年韋應物的這種嬌寵歲月，只有五年。安史之亂爆發後，長安淪陷，玄宗逃往西蜀，韋應物自然也就失去了職位。

在長安淪陷時期，韋應物親眼目睹到了戰爭對社會的嚴重破壞，也從中受到了深刻的教育。他嘆悔「讀書事已晚」，於是在悔恨之中開始發奮讀書。經過努力，他在二十七歲中了進士，從此踏上了仕途生活。韋應物歷任洛陽丞、高陵宰、戶縣令、櫟陽令、滁州刺史、江州刺史、蘇州刺史等地方官，死時大約五十五歲。在近三十年的仕宦生涯中，韋應物清白正直，體貼百姓，從政期間可以說是一位實踐儒家仁政愛民思想的地方良吏。另一方面，他筆耕不輟，創作了大量的詩歌作品，並以其高雅閑淡的風格聞名於唐代和後世。

韋應物是從盛唐過渡到中唐之間的一位有多方面成就的重要詩人。留傳至今的韋詩，約有五百六十餘首。他的詩作在當時就有很大影響。白居易在〈與元九書〉中曾作過這樣的評論：「近歲韋蘇州歌行，才麗之外頗近興諷。其五言詩，又高雅閑淡，自成一家之體，今之秉筆者，誰能敵之？」在後人眼裡，韋應物也是一位可以和王維、孟浩然、柳宗元比肩的重要詩人。

韋應物詩作的內容是豐富的。反映戰亂、抨擊權貴、關切人民、吟詠田園、描繪山水、歌唱友情、悼念亡人等題材，他都有所涉獵，但抒寫最多的是其閒居生活和歸隱心情。這主要源自於詩人在他的一生中，從初仕到歸林一直都在重複著仕而隱、隱而仕的循環。這種仕隱交替的特殊經歷也是形成韋詩「高雅閑淡」風格的原因之一。《唐國史補》卷載：「韋應物立性高潔，鮮食寡欲，所居焚香掃地而坐。」獨居時的韋應物儼然一位平和散淡的高士，他的詩歌創作取向是與這種心性分不開的。

在〈寄全椒山中道士〉一詩中，詩人從寂冷乏味的「群齋」環境起筆，繼而引出了全椒山中的友人——隱居苦修的山中道士。隨著詩人的筆觸，我們看到了這位道士跋山涉水、躬身拾柴、煮吃「白石」等生活情景。這裡沒有塵世的喧鬧，沒有官場的汙濁，高山、空谷、綠樹、碧溪組成了一幅清冷幽靜的畫面，宛如遠離人間的仙境。接著詩人直抒胸臆，暢敘友情：多想為處於淒風冷雨之中的友人送去一瓢酒，讓他暖暖身子；然而葉落空山覆蓋了他的行跡，不知在何處才能找到他的身影。詩作最後兩句，尤其餘味無窮。我們彷彿看見詩人的友人宛若仙翁，穿遊在白雲深處。

詩作以清新淡雅的筆法為讀者繪製了一幅雨中春澗圖：低處的澗邊幽草、空中的深樹黃鸝，還有風潮中的橫舟。這裡的色彩有濃有淡，濃淡相宜；這裡的景物有動有靜，動靜相得。它們渾然一體，令人感到美不勝收。由於韋應物這首詩的影響，滁州西澗的知名度同滁州的另一勝景——醉翁亭一同成為古今遊客的嚮往之地。穿梭往來的遊客們流連忘返於滁州城外的秀峰奇木中，意在尋覓西澗野渡之所在，親自體驗昔日韋應物所營構的那種天然意境。誠然，詩人這樣描繪名不見經傳的滁州西郊自然景物，也是不無寄託的，它傳達出了出行人待渡的悵惘情懷。

韋應物性情淳厚，對知交故友和家中親人感情很深。因此，他也常藉自然景物抒發對親朋故友的真摯情懷。如〈賦得暮雨送李胄〉一詩，抒發了離別時分的戀戀濃情。其中「漠漠帆來重，冥冥鳥去遲。海門深不見，浦樹遠含滋」等詩句既生動地摹寫出雨中的獨特景物，亦形象地表達出詩人沉重的離情別緒。可謂情景交融的佳作。

韋應物中年喪妻後，曾寫下了大量的悼亡詩。妻亡後，他常常觸景生悲。如「迢迢芳園樹，列映清池曲。對此傷人心，還如故時綠。風條灑餘靄，露葉承新旭。佳人不再攀，下有往來躅」（〈對芳樹〉）。顯然，詩人在這裡是以樂景寫哀情，可以說是倍增其哀。它將詩人淒苦、孤獨、懷念的感情表現得淋漓盡致。

韋應物詩作的高雅閑淡風格還表現為語言上的簡潔樸實以及略帶古拙。韋詩極少用典，也很少用比喻、象徵手法，以描述性為主的詩歌語言有著較高的透明度。同時，他用字也很平常。蘇東坡曾說過「韋應物、柳宗元發纖穠於簡古，寄至味於淡泊」（〈書黃子思詩集後〉）。論柳宗元未必確切，但這樣論韋應物卻是精當無比的。

詩作以「質直」的農家語，描寫了農村的風物和農民的辛勞，也真切地寫出了農民遭受剝削的慘重生活，揭示了權貴的享樂是建築在勞動人民的血汗基礎上的。諸多豐富的內容，在韋應物的筆下流出來，樸實、自然，似乎毫不費力，卻令常人感到難以企及。

韻律和美、七絕第一的李益

李益（七四八—八二七年），字君虞，隴西姑臧（今甘肅武威）人，家居鄭州（今屬河南）。其詩音律和美，尤工於七絕。以邊塞詩著稱，情調偏於感傷。明代胡應麟說他的七絕「可與李白、龍標（王昌齡）競爽」，又說：「七言絕，開元之下，便當以李益為第一。」

李益是中唐前期的著名詩人，與盧綸、錢起、郎士元、司空曙、李端、苗發、皇甫曾、耿湋、李嘉祐同在「大歷十才子」之列。他繼承盛唐高適、岑參邊塞詩派的傳統，所寫從軍詩，比較全面深刻地反映了當時的民族矛盾，其成就實有勝於「十才子」之作。尤其七絕一體，為唐代第一流的作品。

李益於代宗大曆四年（七六九年）初登進士第，然而他起初的仕途並不是很順暢。他的前半生曾三次從軍塞上，長期的軍旅生活為其提供了大量的創作素材，尤其第一次出塞時期，創作了許多有名的七言絕句，為世人稱道。

大曆九年，詩人投筆從戎，入渭北節度使臧希讓幕府，詩人「平生報國憤」，所以頗樂於此。

此外，〈夜上受降城聞笛〉、〈從軍北征〉等都較為著名，不僅在當時為人所傳誦，就是在今天讀來猶感精妙。他的邊塞從軍諸作，在當時有的施之圖繪，有的被之管弦。他的詩每成一篇，便有樂工索之，譜以雅樂，供奉天子。可見其詩的影響是多麼巨大。

李益的邊塞詩視野開闊，內容豐富，思緒深沉，有著濃郁的生活氣息。既有抒寫慷慨從戎、立功沙場、以身許國的（如〈塞下曲〉）；又有從不同的側面表現豐富的邊塞軍旅生活的（如〈暖川〉）。他的這些詩裡不僅寫盡了荒漠悽涼，也寫了草原春色；不僅描繪了自然風光，也再現了邊塞少數民族游牧生活的社會風情。字裡行間，自然流露出詩人對邊塞和邊塞人民的親切之感。長期的邊塞生活，使得他有著深刻的切身體驗，對征人寄予深切的關懷與同情，從而也使得其邊塞詩最能牽動廣大征人的心。在描寫邊塞生活的同時，也寫出了赴邊士卒久戍思鄉的愁緒，如〈夜上受降城聞笛〉，這就為李益的邊塞詩，在雄渾的底色上，染上了一層悲涼的色彩。

李益的邊塞詩，繼承了盛唐高岑邊塞詩的傳統，開拓了詩的題材，反映了歷史事實，其中有不少歷史史實，都可在詩中找出佐證，這也就形成了他獨特的藝術特色。
如果說李益的邊塞詩風格是雄渾深婉，那麼其生活抒情小詩還表現了清奇秀朗之致。這些詩的藝術特色反映了南國風光對他詩歌創作的影響，也體現了南朝詩人和樂府民歌的傳統。如〈春夜聞笛〉：

寒山吹笛喚春歸，遷客相看淚滿衣。
洞庭一夜無窮雁，不待天明盡北飛。

此詩是詩人在政治上失意時所作，即謫遷江淮時所作，寫初春之夜聞笛所引起的思歸之情。詩人把遷客的歸心似箭、欲歸無期、失意冷落等複雜情感，通過「洞庭一夜無窮雁，不待天明盡北飛」反襯出來，構思新奇，手法委婉，別有一番韻味。
詩人還用細膩的筆觸，揭示出內心的柔情，音韻和諧，清新喜人。如〈寫情〉：

水紋珍簟思悠悠，千里佳期一夕休。
從此無心愛良夜，任他明月下西樓。

這是一首詠閨愁的抒情詩。詩由水紋珍簟領起，水紋珍簟，是編有水波紋圖案的貴重竹涼席，往往有龍鳳之像，由物及人，由此產生了綿綿的愁緒……不知為何與相愛者的約會竟毀於一夜之間，於是便毫無道理地把怨恨拋向了良夜，所以夜色越是美好，越增添了女主人公的哀愁，她也只得任明月下西樓，自己獨坐空房，形影相弔了。這首詩情真景切，意趣盎然，把女主人公複雜的內心世界描繪得特別細膩，且音韻和諧，給人以美的啟迪。

李益詩雖古近各體均有佳作，但是還是以七言絕句成就最高。「七言絕，開元之下，便當李益為第一。」此語尤為中肯。李益的絕句含蓄凝練，風格獨特，可與王昌齡並駕齊驅。雖然他的某些應酬官場的排律呈現出一副古奧呆板的面孔，但卻絲毫抹殺不了其七言絕句的影響。七言絕句第一，李益當之無愧！

讀故事・學文學

隋唐五代文學故事　上冊

編　　著　范中華
版權策劃　李　鋒

發 行 人　陳滿銘
總 經 理　梁錦興
總 編 輯　陳滿銘
副總編輯　張晏瑞
編 輯 所　萬卷樓圖書(股)公司
排　　版　鄭　薇
封面設計　鄭　薇
印　　刷　百通科技(股)公司

發　　行　昌明文化有限公司
桃園市龜山區中原街32號
電　　話 (02)23216565
傳　　真 (02)23218698
電　　郵
SERVICE@WANJUAN.COM.TW
大陸經銷
廈門外圖臺灣書店有限公司
電　　郵
香港經銷
香港聯合書刊物流有限公司
電　　話(852)21502100
傳　　真(852)23560735

ISBN 978-986-91874-6-6
2017年8月初版三刷
2016年1月初版二刷
2015年11月初版一刷
定價：新臺幣250元

如何購買本書：
1.劃撥購書，請透過以下帳號
帳號：15624015
戶名：萬卷樓圖書股份有限公司
2.轉帳購書，請透過以下帳戶
合作金庫銀行古亭分行
戶名：萬卷樓圖書股份有限公司
帳號：0877717092596
3.網路購書，請透過萬卷樓網站
網址 WWW.WANJUAN.COM.TW
大量購書，請直接聯繫，將有專人為您服務。(02)23216565 分機10

如有缺頁、破損或裝訂錯誤，請寄回更換

國家圖書館出版品預行編目資料

隋唐五代文學故事 / 范中華編著.
-- 初版. -- 桃園市：昌明文化出版；
臺北市：萬卷樓發行, 2015.11
冊；　公分. --(讀故事.學文學)

ISBN 978-986-91874-6-6(上冊：平裝)

857.63　　　104017774